春風コンビお手柄帳

小沼丹未刊行少年少女小説集

推理篇

小沼 丹

幻戯書房

目次

I

モヤシ君殊勲ノオト

II

春風コンビお手柄帳

春風コンビお手柄帳

小沼丹未刊行少年少女小説集・推理篇

本書は、未知谷刊『小沼丹全集』全五冊に未収録の著者の作品の内、一九五〇〜六〇年代に少年少女向け雑誌へ掲載された小説を中心に収録したものです。

各章は基本的に、Ⅰ＝「モヤシ君殊勲ノオト」連作、Ⅱ＝「春風コンビお手柄帳」連作、Ⅲ＝その他の単発作品で構成しています。

各作品の表記は原則的に初出に従いましたが、著者特有の表記法に関し一部統一を行なったほか、便宜上、旧漢字・旧仮名遣いを新漢字・新仮名遣いに改め、また、明らかな誤記や脱字などを訂正した箇所があります。

本文中、今日では不適切と思われる表現がありますが、原文が書かれた時代背景や、著者が故人である事情に鑑み、そのままとしました。

I

モヤシ君殊勲ノオト

第一話　青い鳥を見ますか

モヤシはいつもねむそうだ、と云うと多分読者は変に思われるだろう。しかも、モヤシは植物ではなく動物だといえば、さらに面くらうだろう。が、話は簡単である。このモヤシというのは、実は僕の友人ワダ・マモルの仇名なのである。いつ、だれが彼にモヤシなんてけっこうな名まえをつけたのかよく判らない。しかし、案外、僕がつけたのかもしれない。

いつだったか、教室で国語の時間にヨシムラ先生が——この先生にもおもしろい名まえがついているがここでは遠慮しておこう——食物の話をしたことがある。この先生はカレエライスを二皿食べて、それから天井を平らげたという伝説の持ち主で、食物には少なからず関心を持っているらしい。

この先生に昼食時会うと必ずこう云われるのである。

——もう、昼飯はすんだか？

何でもヨシムラ先生の話だと、平安朝のころはろくな食物がなかったらしい。菓子といえば果物を干したやつで、干からびたようなものばかり食べていたらしい。砂糖だって、足利のころは大変な貴重品で薬屋で売っていたという話であった。

——紫式部だって清少納言だって、いまから思えばまずいものを食っていたんだ、とヨシムラ先生はいった。いまはぜいたくなものだ。何でもある。

このとき、僕は先生にきいてみた。

——紫式部はモヤシを食べましたか？

級の者は笑い出した。そして、僕の背後の席にいるモヤシは僕の背中をドンと突いたから、僕は思わず痛いと叫んだ。

——ふざけちゃいかん、とヨシムラ先生はいった。紫式部がモヤシを食ったか、というのか？　そりゃ判らん。案外、食ったかもしれん。食わなかったかもしれん。しかし、なぜモヤシを食ったかなんて気になるんだね？

——……その……。

僕は大いに閉口した。ワダ・マモルの仇名を知っている級の連中は大笑いしている。ヨシムラ先生は何やら訳の判らぬ顔をして、モヤシは肉といっしょにいためるとうまいとか、煮たやつも悪くないとか云い出したから、みんな腹をかかえて笑った。

休憩時間になったら、モヤシが僕をつかまえて口をとがらせた。

——やい、謝れ。

——ごめん、ごめん。

——よし、それじゃ返してやる。

といって、万年筆を差し出した。思わず胸のポケットを見たら万年筆がない。いつのまに抜かれたのか判らない。いつもねむそうな顔をしているくせに、全く油断ならぬやつだと僕はびっくりした。

すると、モヤシが妙な話をしてさらに僕を驚かせた。ヤジマ・タカオが変な手紙を受けとったと云うのである。ヤジマ・タカオというのは僕らの同級生でQ学園高等学校の二年生である。Q学園は大学もあって、大学にはむろん女子学生もいるけれども、高等学校は男生徒だけである。

——変な手紙って何だい？

——それが脅迫状らしいのさ。

——脅迫状？

僕は面くらった。

何でもモヤシの話だと、ヤジマ・タカオのところへその手紙が舞い込んだのは一昨日のことらしかった。知らない男名まえの手紙なので、何かと思って開いてみたら、二万円の現金を用意しろ、と書いてあったのだそうである。

——二万円？

——うん。

ヤジマ・タカオはなぜかポンスケと呼ばれているが、ある大きな会社の社長のむすこである。おやじさんの社長は学校の理事か何かになっている。金持には間違いない。現にヤジマのやつは兄貴の車だとかいう、いい自動車にのって学校に来たこともある。しかし、まだ高校生のヤジマに二万円出せというのは妙な話だと思う。

——なぜ、そんなお金、とろうとするんだい？

——金があると思ってだろう。

休憩時間が終ってしまったから、それ以上その話はできなかった。次の時間は数学だったが、僕はもっぱらそのことばかり考えていたものだから、へまばかりやってしまった。しかし、ただ金があるというだけで二万円出せというのはでたらめも甚だしい。それに、その相手が何者か判らない。いったい、何者なのだろう。僕はノオトの端を破いて、相手は何者か？　と書いてうしろのモヤシに渡した。すると、モヤシの奴は、

——神聖なる授業時間に余計なことは考えるな。

と書いてよこした。しゃくにさわる奴である。しかし、この問題も放課後、モヤシとそれ

から肝腎のヤジマと三人で話しあって少し判った。手紙というのも見せて貰った。赤鉛筆で普通のノオトから引きちぎった紙に書いてあった。二万円出せということや、これは誰にも

──親にも告げぬこととか書いてある。

──二万円というのは、とモヤシが云った。脅迫の金額としちゃ少ないね。

──しかし、俺にとっちゃ大金だぜ。

ヤジマのポンスケが抗議した。

──そりゃそうだ。しかし、無理に口実をつくれば何とかひねり出せるだろう?

──そういえばそうだが……。おやじが渋い顔するぜ。

──つまり、この相手は、とモヤシがねむそうな顔をして云った。大金は狙っていないんだ。ヤジマが出せる程度の額を狙っているんだ。大金なら、金持を直接脅迫するはずだからね。ところが高校生のヤジマを狙って、しかもヤジマに出せる最高の額を狙っている。いちばん確実なところを狙ったわけさ。だから、相手は案外この学校に関係のある人間かもしれないよ。

──たとえば?

しかし、モヤシはそれ以上何も云わなかった。脅迫状にはまだその他に、云うことをきかぬときは当方にも覚悟がある、おまえの身体に傷をつけてやるとか書いてあった。僕らはこ

の脅迫状はしごく幼稚なものだと結論を下した。が、当のヤジマはそんな客観的な心境にはなれないのだろう、浮かぬ顔をして黙り込んでいた。そして、どうやら、その要求に応じるつもりらしかった。

——二万円出すのか、バカバカしいな。

——俺たちには大金だな。

——そのかわり、俺たちには脅迫状も来ないから安心だよ。

——そりゃ、そうだ。

ただ、その脅迫状で妙なところは、いつ、どこで渡せと書いていないのである。僕らは、脅迫状というやつは、金額と渡す日時と場所を指定してくるものだと思っていた。が、それには、今から一週間以内に、ヤジマに向かって、

——青い鳥を見るか？

ときく者に金を渡せと書いてあるにすぎない。僕らはその点に興味を持った。青い鳥を見るか？　ときく人間はいつ、どこで現れるか判らない。しかし、これは考えて見るとたいへんめんどうな話である。朝から晩までヤジマの行動を見ていなければならない。その上で機会をとらえねばならない。ヤジマは銀座へ行くかもしれない。映画館にはいるかもしれない。野球場に行くかも判らない。

――ずいぶん、手間のかかる方法を考えたもんだね。

――そのかわり安全さ、とモヤシがいった。まさか、一週間の間ヤジマが護衛つきで学校に来るわけにも行かないしね。そのかわり、もうひとつ、逆に場所が限定されると思うんだがな。

――そうかい？

僕には何のことかよく判らなかった。ヤジマもあっけにとられていた。

――つまり、とモヤシはめがねをつつきあげていった。相手のほうにとっても朝から晩までヤジマを見張ってるわけには行かないさ。例え一日だけでもヤジマが家を出てから帰るまでの間あとをつけるのはたいへんだ。ヤジマがどこへ行って何をするか判らないんだからね。ところが、ひとつ判っていることがある。学校に来ることさ。学校にはちゃんと来る。狙うとすればその時間だ。その場所だ。ここを狙っていれば間違いはない。

何だか僕もそんな気になった。

そこで僕らはある計画をたてた。

僕ら三人が親しいのは、住居が近いからである。学校までは電車で二十分ほどかかるA駅で降りた町に僕らは住んでいる。ヤジマの家は駅の南側に、僕とモヤシの家は北側にある。僕らの計画というのは、ともかくこの一週間、ヤジマは車で登校することと決めたのである。

前にも云ったように、彼は兄貴の車を借りられる。むろん、文句を云われるだろうが、何とか理由ををつけて車を借りる。僕らはA駅の前で待っていて運転して来たヤジマの車にのせて貰う。それから、学校の近くまで乗って来てヤジマは学校に近い親戚に車を預ける。これも大きな家で、車を置いておくぐらい何でもない。ヤジマが先に学校へ歩いて行くあとから、僕らふたりが少し間隔をおいて行く。帰りもこのとおりやる。そうすれば、ヤジマはいつも僕らの看視のもとにあるわけだし、ヤジマに何か云い寄る人間もすぐ判る、というものである。

ヤジマも何だか頼りなさそうな顔をして同意した。モヤシは、ヤジマに二万円は用意しなくてもいいだろう、と云った。ただ、封筒に新聞紙を切って入れておくといいと云った。

——だいじょうぶかしら？

——だいじょうぶさ。

次の日から、僕らはさっそく僕らの計画を実行に移した。ところで翌日、僕らはちょいとびっくりした。というのは、そのころ——それは初秋のころであるが——ちょうど学校の創立記念日のお祭りがあるので、学生はその準備に大童になっていたのであるが、そのお祭りに大学の演劇部が「青い鳥」を上演するという広告が目についたからである。

——へえ、「青い鳥」をやるんだってさ。

——あれは芝居だろう?

——うん、メエテルリンクの芝居だ、とモヤシはねむそうな顔でいった。でも、何だか妙な偶然だね。

——うん。

僕もそう思った。ヤジマはこの偶然の一致に少しばかり青い顔をしていた。

——しかし、これと関係はないだろう?

——ないだろうがなあ……。

モヤシは髪をくしゃくしゃと指でかきまわした。モヤシはたいへんやせっぽっちで背は高からず低からず、近眼だからめがねをかけていて少し猫背気味である。見たところいっこうパッとしない。

僕らは記念日の行事予定表を見た。「青い鳥」のほかにも芝居があった。が、それにはほとんど関心がなかったといってよい。その日は、ほかに別に何事もなかった。帰りの車のなかで、僕らはいつも車で学校に往復できたらいいな、と思った。

——ちょっといいね、とモヤシが云った。いい気分だよ。

——悪くないね。と僕も云った。が、運転しているヤジマはあまりいい気分ではないらしかった。

――俺の身にもなってみろよ。

ヤジマは心細そうな声で云った。

その翌日も僕らはA駅からヤジマの車に乗った。ヤジマは身体は大きいが、どっちかというと気の弱いおとなしい生徒である。車を運転しても決して速く走らない。

――もう少し出ないのかない？

と云っても、規則違反になるといけないと云って決して速くしない。この日もゆっくり走らせて、学校近くのヤジマの親戚に車を預けると学校に行った。大学生たちは記念祭の準備の飾りつけだとか、芝居のセットをつくる仕事に追われているらしかった。

その日、授業が終ると僕らは校庭で少し野球をやった。モヤシは運動神経はあまり発達していないらしく、野球はへたである。そのモヤシがライトにいるから、ライトフライを打つと必ずヒットになった。うっかりすると本塁打になってしまう。ヤジマは一塁を守った。野球をやっているときは、ヤジマも例の手紙のことは忘れたらしく楽しそうな顔をしていた。

野球を止めて帰るとき、僕は例の脅迫事件はほとんど忘れかけていたと云ってよい。僕らは三三五五、校門のほうに行った。校庭のイチョウもポプラもまだ葉は青い。が、空気には何となく秋の気配が感じられた。

――モヤシ、お前は野球へただな。

――やいっ、怒るぞ。

僕らが笑いながら歩いていたとき、大学の建物のほうからひとりの学生が歩いて来た。それは別に不思議でない。学校のなかを学生が歩いているのは当然である。ところが、この学生がヤジマに話しかけたのである。

――ヤジマ君でしたね？

その学生は中肉中背の若者で、別にこれといった特徴もなかった。僕らはヤジマの傍を少し歩き過ぎた。ただし、そのとき、モヤシが僕の腕をとらえたのはどういうわけか判らなかった。

――何だい？

――……。

モヤシは目で僕に黙っていろと告げた。次の瞬間、僕らは、その学生がこう云う声を聞いた。

――青い鳥を見ますか？

――？

僕はちょっと振り返ってみた。その学生は笑いながら、何かヤジマに差し出していた。

――切符を、たくさん買ってもらおうと思って。

——……。

ヤジマは何もいわなかった。何だかとまどっているらしかった。多分、脅迫者としてもっと違った怖ろしい人間を想像していたからだろう。「青い鳥を見るか」というのは脅迫者の文句である。が、大学の演劇部員がそう云っても不思議ではない。ヤジマがとまどったのも当たりまえだろう。が、次のことばで僕らは判った。

——持って来ましたか？

ヤジマが内ポケットから封筒をとり出すと——中味はむろん新聞紙だが——学生はそれを受けとってから云った。

——切符が売れて大助かりだ。

それから歩み去ろうとした。そのとき、モヤシが声をかけたのである。

——あの、僕も見たいんですが……。

——僕のは売り切れちゃった。

——じゃ、誰かに紹介して貰えませんか？

——さあ、判りませんね。

モヤシが僕の顔を見た。自慢じゃないが僕は運動は万能選手でけんかも弱いほうじゃない。そんな大学生なら負けるとも思えない。黙ってその学生の腕をつかまえた。

――何をするんだ。

――ちょっと話があるんです。とモヤシが云った。ヤジマもいっしょに来いよ。

その翌日は日曜日であった。僕らはヤジマといっしょに一日を豪遊した。と云っても映画を見て晩飯を大きな中華料理店で食べただけである。ヤジマはやはり心配だったと見えて、一万円だけ父親からうまく貰っていた。それが浮いたから、豪遊となったわけで、ヤジマに云わせると、まだ四、五日は豪遊できるらしかった。これは悪くない話であった。

ところで例の学生はどうなったか？　僕らは最初安っぽい切符をもった偽学生かと思っていたが、そうではなかったから驚いた。何でも学資に困ってフトした出来心――よく使われる文句だが――からやったことだと云った。大いに恐縮して、僕らの前でビクビクもので震えていたからモヤシは今回だけは大目に見てやるなんて云った。その後、どうなったかよく判らない。見かけたことも一度もない。

しかしモヤシにとっては、これが一種の刺激となったらしい。と云うのは、脅迫状でヤジマに相談されてから、初めてモヤシには探偵趣味が出てきたからである。

第二話　望遠鏡

その夜、夕食をすますと僕はわが親愛なるワダ・マモル――すなわちモヤシの家に行った。前にも申し上げたが、モヤシの家も僕の家も省線のA駅の北側にある。僕の家からモヤシの家までは歩いても、七、八分かかる。星の美しい夜で、僕は鼻歌なんか歌いながら歩いて行った。片手に英語のテキストとノオトを持って。

星を見ていると、人間は多少詩人になるそうである。これは国文の先生が話してくれたことで、僕にはよく判らない。また、星を見ているとやたらに気分が大きくなって、人間なんて虫ケラみたいな存在だと思いだすそうである。

――若い時は、だれでも一度はそんな厭世的な気持に襲われるものだ。

と、先生は云った。が、僕は生来極めて楽天的に出来上がっているせいか、いっこうにそんな気分にはならなかった。屋台のおでん屋が車を引っぱって来るのを見たら、とたんに星のことなぞ忘れてしまった。何だかおでんがたいへん食べたくなった。が、お金を持って出なかったから、食べられない。しかたがないから、鍋のなかで煮えているだろうハンペンだとか、ガンモドキとか、コンニャクとかを考えてがまんすることにした。

だから、モヤシの家についてモヤシの顔を見た瞬間、おでんにモヤシはないな、と考えたのもしかたがない。

――やあ、とモヤシは云った。待ってたよ、寒くなかったか？

――星を見ながら歩いて来たんだ、と僕は云った。悪くないね。

――へえ、お前がね？

モヤシはへんな顔をした。

――俺が星を見ちゃおかしいか？

――おかしかないけど、とモヤシはニヤニヤした。お前のことだから食いもののことでも考えながら歩いてたんじゃないかと思ったんだ。

――よせやい、と僕は云った。俺は腹いっぱいでね。目下のところ、食いものなんて全然興味がないね。

――ふうん、とモヤシは疑わしそうな顔をした。実は今夜、お袋さんが夜食におでんをでしてくれるって云ってたんだが……じゃ、お前はいらないか？

――おでん？　僕はいささか面食らった。おでんか、悪くないね。うん。

僕はどうやらまずい返事をしたらしい。しかし、僕はモヤシの家におでんを御馳走になりに来たのではない。読者は僕が片手に英語のテキストとノオトを持っていたのを御承知だろう。その日は土曜日であった。月曜日に英語の試験がある。だから、モヤシとふたりで英語の勉強をしようというのである。試験のとき僕とモヤシは――ときにはヤジマも加わるが――交互に相手の家を訪ねてグルウプ学習をすることになっている。そして、この夜は僕がモヤシを訪ねたわけである。

十五分後、僕らはモヤシの家の二階のモヤシの部屋で、英語のテキストを開いていた。モヤシの家の先は土地が低くさがっていていわば大きな谷間のようになっている。むろん都会の谷間だから、そこには家がたくさん立ち並んでいる。大きなアパアトも二つ三つある。夜、点点と灯のともった谷間を見降ろすのは悪くない。夏、窓を開けておくと、気持のいい風が流れ込んでくる。しかし、いまは夏とは違うから、窓は閉めてあった。

――おいおい、ここんところはどう訳すんだい？

――ええと……待てよ。ああ、そうそう、こうだ。

――この that はいったい何だい？

――そいつは、ここんところに引っかかるのさ。

――なるほど。

こんな調子で進行した。といっても、ときどき雑音もはいる。野球の話とか、映画の話とか、学校の話とか……だからそう簡単には終らないのである。待望の夜食のおでん——もっとも、内心そう思っていたのだ——が出たのは十時ごろだったろう。僕は二皿お替りした。モヤシのおかあさんは、僕がうまいうまいと食べたのでたいへん喜んだ。

おでんを食べると、少し休憩することにした。僕は窓を開いて谷間を見た。冷たい風が流れ込んで来た。繁華街ならまだ宵の口というところだが、この谷間はもう眠っている家のほうが多いらしかった。

——もう寝てるのか、早いな。

——この辺はみんな早いぜ。

僕はモヤシのつくった大きな望遠鏡をもって来た。モヤシは天体観測用だと云っているが、実はモヤシがこの望遠鏡をつくったのは『裏窓』という映画を見てからである。ともかく、よく見える。肉眼で見ると小さな点ぐらいにしか見えないものも、これで覗くとちゃんと人間だと判る。着ているものの柄まで判る。

僕は星をのぞいたがおもしろくないので谷間のあちこちにレンズを向けてみた。街灯の下をひとりの男が鞄を提げて通った。白い犬が走って行った。が、夜のせいか、そのほか別に目についたものはなかった。大きなアパアトも、半分以上は眠っていた。いちばん近くの

——といっても一粁米《キロメエトル》ぐらい離れた四階建ての白いアパアトは、階段が横についていて各階ごとに通路が建物の外についている。いつだったか、僕は郵便配達夫が階段を登って四階まで行くのを見て、これでは郵便屋も楽じゃないな、と思ったことがある。通路に面してドアがあって、そこから出入する住人を望遠鏡でのぞいたこともある。が、このアパアトもほとんど眠っていた。一階と二階の半分は他の建物にさまたげられて判らない。が、三階で二軒、四階では、一軒しか起きていないらしかった。窓が明るいから、判る。

——さて、そろそろ取りかかろうか？

——うん。

僕らは窓を閉めると、再び勉強にとりかかった。今度は僕とモヤシで交互に問題を出しあうことにした。単語を書きとらせたり、意味をきいたりした。

僕がモヤシの家を出るころは、もう十二時に近かった。といっても十二時まで一心不乱に英語をやったわけじゃない。そんなに勉強すれば僕だっていつも満点ぐらいとれるはずである。が、適当に勉強のほうは片づけて、僕とモヤシはトランプを少しやったのである。もっとやりたかったけれども、十二時近いので残念ながら退散することにした。

——おそくなると、冷えるね。

モヤシはそんなことを云って、窓を開けると雨戸も閉めようとした。

僕も手伝ってやろうかと窓のところに行って何気なく谷間に目をやった。

――まだ、あそこは起きてるんだな。

――あそこ？

――うん、あのアパアトの四階さ。

もう谷間の家はほとんど眠っていた。街灯の灯が見えるばかりといってよかった。が、例の白いアパアトの四階はまだ窓がひとつ明るかった。アパアトの僕らに見える他の窓はみんな暗かった。

――へんだな、とモヤシがつぶやいた。さっき明るかったのは東から三番目だった。

――そうだったかな？

そう云われると、そんな気がしないでもない。が、いま見える灯は右から二軒目であった。と思うと、その灯が消えてしまった。僕らは顔を見合わせて苦笑した。

――あの家も眠るらしいな。

モヤシが雨戸をくり出すのが僕が押してやった。が、次の瞬間、モヤシがいった。

――おい、あのドアを見てごらん。

いま灯の消えた四階の右から二番目のドアが開いて、なかから人が出て来たのである。階段のところに照明があって、それで通路のほうも少し明るく見える。モヤシはさっそく望遠鏡をもち出してのぞき始めた。遠くだから僕にはよく判らない。どうやら、男らしい。

——鍵をかけているらしい。これから出かけるのかね？　へんな男だな。

——おい見せろよ。

——待て、待て、電気を消してくれ。

僕は、電灯のスイッチをひねった。男が建物の横の階段を降りるのが見えた。僕はモヤシの望遠鏡をとりあげるとのぞいて見た。夜だから、はっきりは判らぬが、男が、黒いジャンパアを着て、黒っぽいズボンに白っぽい靴をはいているのが判った。顔はよく判らなかった。何だかばかに静かに降りて行く感じがした。が、二階の辺まで行くと、もう他の建物に邪魔されて見えなくなった。それでも僕らは、近くの路上に男の姿が現れぬものかと三、四分待っていた。が、男は現れなかった。僕らは何だか、たいへん間の抜けたことをした気になって、雨戸を閉め、それから僕は家に帰った。

——勉強もいいけど、と僕の母はねむそうな顔をしていった。あんまりやると身体に毒よ。もう十二時じゃないの。

——うん、いろいろいっぱいあってね。

僕は適当に返事をしておいて、それからすぐ寝床にもぐりこんだ。翌日は日曜だから、僕はゆっくり眠るつもりでいた。僕の予定ではお昼ごろまで眠るつもりであった。ところが、九時ごろ母に起こされてしまった。

――ワダさんがお見えになったよ。

――え？　モヤシが来た？

――何です、モヤシって？

――いや、何でもないよ、ねむいなあ。

ねむいけれどしかたがない。起きて行くと、ワダが縁側に腰かけていた。

――何だい？

――うん、話があるんだ。

その話というやつを聞いて、僕は少し腹をたてた。何でもひとりの女がガス中毒で死んでしまった、というのである。

――それと俺と何の関係があるんだい？　俺はねむいんだぞ。

――そうか、俺だってねむいさ、とワダはいつも眠そうな顔を更に眠そうにして云った。

しかし、その女というのがあのアパアトに住んでたんだ。

――あのアパアトって？

――あの白いアパアトさ。

――それがお前の姉さんだったって云うのかい？　おめでとう。

――ふざけんな、こいつ。いいか、その女は四階の右から二番目の部屋に住んでたんだ。判ったか？

――判ったよ。ねむいなあ……。

そのとき、僕は突然昨夜のことを思い出した。それまですっかり忘れていたのである。

――何だって、四階の右から二番目……。

――判ったか？

――いやよく判んないが……。

モヤシがどうしてそんなことをよく知っているのか判らぬが、モヤシの話によると次のようなことになる。もっとも、谷間のほうは大騒ぎらしいが……。何でも四階の右から二番目、つまり四〇二号には中年の夫婦者が住んでいるらしい。その亭主のほうが、昨夜酒を飲んで、朝の四時ごろ――というからよっぽど飲んだのだろう――千鳥足で帰宅して見ると、部屋のなかにガスが充満していて彼の細君は完全に死んでいたのである。

自殺か？　いや、遺書もなく、また自殺する理由もない。亭主のことばによると、ガスの栓がきちんと閉めてなかったからそこから洩れたガスで死んだらしい。つまり過失死である。何でも細君のほうはときどき眠り薬を用いる癖がある。昨夜もそれを飲んで、ガスの栓など気づかずに眠ってしまったのだろう。むろん、警察は調査した。が、警察も過失死と認めた。

亭主が帰宅したときは、だいたい死後二時間の状態だったらしい。そして、僅かずつ洩れるガスが二部屋――そのアパアトはみんな二部屋あるらしい――に充満して細君の生命を奪うには四時間ほどかかるらしい。すると、細君は亭主の帰る六時間前、つまり十時ごろには、もう眠っていたことになる。

モヤシは話し終って僕の顔を見た。

――しかし、へんだな。俺たちは十二時ごろ、あの四〇二号か、そこに電灯がついていて、男が出て来るのを……。

――うん、見たよ。

――そうすると、あの男は何だろう？

僕はその男が、細君を殺すつもりでガスの栓をひねったのではないかと思った。が、すぐ思いなおした。二部屋にガスが充満するには四時間かかるという。そうすると、十二時ごろはもう大分ガス臭くなっていたはずである。あの男は夜遅く訪ねてきて、異様なガスの匂いに驚いて逃げ出したのかもしれない。多分、世間に知れると困る理由があったのかもしれない。

――うん、お前もなかなか考えるな。

と、モヤシがいった。

——しかし、俺の考えは違うんだ。それで一緒に来てもらいたいんだ。

——何だって？　俺はまだ朝飯前だよ。

——がまんしろ。俺だってまだだよ。

モヤシがこの事件についてよく知っている理由が判った。モヤシの家の二、三軒先に実は警察のかなり上の方が住んでいて、モヤシはその人——ヨシダ氏に話を聞いたものらしかった。僕らがヨシダ氏の家に行くと、ちょうど警察署に出かけようとしているところだったから一緒に少し歩くことにした。

ヨシダ氏はモヤシが十二時ごろ、四〇二号に灯がついていて、それが消えるとドアが開いて男が出て来たという話を聞くと、ひどく驚いたらしかった。

——本当かね？　なぜ、さっきその話をしなかったんだね？

——僕ひとりの話じゃ信用されないと思ったんですよ、このサガミ君が証人です。

——君も見たんだね。

——ええ、見ました。

——ふうん、そりゃおかしい。

——その女のひとの旦那さんを調べるといいですよ。十二時前後のアリバイを……。

やせたモヤシが云った。僕はびっくりした。肥ったヨシダ氏は黙って歩いていたが、モヤシのほうを振向くとたずねた。

——なぜ、亭主だって云うのだい？

——だって、あの四〇二号から出て来て……。

ヨシダ氏はちょっと笑った。

——そう簡単には決められんよ。君たちはまだ若いからおとなの世界が……。

——でも、出て鍵をかけましたよ、なあサガミ。よその男なら鍵なんか持ってないし、それにかけないと思うんだけど……。それに発見者はその亭主でしょう、ガスの栓のぐあいなんて自分でどうにでも証言できるんじゃないですか？　四時間で部屋を一杯にすることも二時間でいっぱいにすることも、自由じゃないのかなあ。

——もう一度その男の服装を云ってもらおうかな、こんどは君だ。

君といわれた僕は、昨夜、望遠鏡でのぞいた男の服装を述べた。

——暗いのに、服装とか鍵をかけたとかよく判ったね、ワダ君の家から相当離れてるんだろう？

——そりゃあ、僕の望遠鏡を今度貸してあげるからのぞいてごらんなさい。すごく優秀なんだから……、とモヤシがいった。

——なるほど。望遠鏡か。そいつはぜひ一度拝見させていただこう。

ところで、読者もお察しのとおり、ガスで死んだ女は、その亭主に殺されたということになった。理由は——しかし、これは長くなるから止めよう。それにまたヨシダ氏から、君たちは若いからおとなの世界は……なんていわれるかもしれない。モヤシと僕は表彰状と金一封を貰った。が、新聞にだけは出さないようにしてもらった。

モヤシが金一封をもらうのはいいが僕までもらうのは少しおかしい、と云ったらモヤシはこう云った。

——そんなことはないよ。あのアパアトの四階に最初に注意したのはお前だからな。それに俺ひとりだったら、九時ごろねむっちゃったろうからな。

ただ、僕の母は何を勘違いしたのか、僕がモヤシの家では勉強せずに望遠鏡で外ばかりのぞいていると信じ込んでしまった。これには大いに閉口した。

第三話　赤土の崖

ある日、僕らはT川の上流に行った。僕ら――というのは僕とモヤシである。その前日が運動会で、その日が休みになった。だからその日はいわば保養に出かけたのである。僕は街で西部劇の映画が見たかった。が、モヤシのやつが、

――浩然の気を養おう。

なんて妙なことを云い出したために、西部劇は残念ながら止めにした。こういう場合は「西部劇は割愛した」と云うと偉そうに聞える。もっとも、これは三日前に覚えたばかりの文句である。

しかし、郊外電車の駅で降りて、美しい紅葉や黄葉を見ながら歩いていたら、西部劇を割愛して良かったという気になった。何しろ一点の雲もない秋空である。それに、その日は金曜日だったから、人もそう出ていない。これが土曜とか日曜だったらたいへんだろう。人がいないのはよろしい。せっかく、人混みのなかの町から出て来て、山や川のなかにはいって

も人がたくさんいては何にもならない。

僕らは静かな山頂を愉快な気持で歩いた。M山はそう高い山ではない。頂上に神社があって、神社の近くには茶店が並んでいる。僕らは頂上であちこち眺めたり、写真を撮ったりした。茶店も今日は暇と見えて、店の人の姿もあまり見当たらぬほどである。

もっとも、僕らのような連中がいないわけではない。中折帽をかぶった紳士が奥さんと子どもふたりづれで茶店で休んでいた。

——あれもくたびれ休みかな？

とモヤシが云った。

——何だって？

——いや、あの人もきのう運動会でもあったのかな、って云ったんだ。

——ばか云ってらあ。

僕らがそんなつまらんことを云っていたとき、若い三人づれが上がって来た。はでな背広を来た男ふたりと、若い洋装の女である。男のひとり、緑がかった上衣を着たほうは黒めがねをかけていた。女はチュウインガムをかんでいた。もうひとりの男は、僕のカメラよりずっと上等のやつをぶら下げていた。

——ちょいと休まない？

女はそう云うと、茶屋の縁台に腰を降した。つづいて、ふたりの男も座った。僕らはその茶屋の前の展望台みたいに高くなったところにある無料ベンチに座っていた。

三人はビイルを頼んだらしい。やがて、ビイルを飲み出した。

——ここじゃ、二、三本にしておこう。

と、男のひとりが云った。これは赤いシャツの上に黒っぽい背広を着ている。

——帰りがぶっそうだからな。

——平ちゃらだよ。

と、黒めがねが云った。何のことかよく判らなかった。が、まもなく、茶店のおかみさんと話しているのを聞いて判った。三人はどうやら自動車でやって来たらしかった。そして、黒めがねが運転するらしかった。車は、多分山の下においてあるのだろう。

おかみさんがビイルのお替りをきいたとき女がいった。

——もうたくさん。あたしたち、これからまだHまで行くんですもの。

——おやおや、そりゃたいへんですね。

Hというのは、たしかこの郊外電車の終点である。車ならそうたいしたこともなかろう。といってもこんなところにぐずぐずしていたら行けないだろう。

——じゃ、ちょいと神社のほうに行って来るか。

僕らは、その間展望台に座って握飯を食べ茶屋で買ったジュウスを飲み、のんびり風に吹かれながら話をしていた。三人の若者が神社のほうに消えると、モヤシが頭をかいて云った。

——いかれてんな。

そのいかれている三人は五分とたたぬうちに戻って来た。それから僕らのいる展望台に上って来て、あちこち見渡したと思ったら、三分とたたぬうちに行ってしまった。

僕らはそれから、裏山のほうを歩いたりして、山を下ったころは、もう三時をすぎていた。すぐ電車に乗るのもばからしい、というわけで次の駅まで歩くことにした。道は舗装されていて、歩いて行く右側は崖になっていた。左手は人家がある。かと思うと山裾が道まで追って来たり、かと思うと畠があったりする。

——どうだい、川原に降りて見ないか？

——うん。

僕らは川原へ降りる道を探した。が、崖が切り立っていて降りられない。道と川原の間に杉木立がある場所があった。そこなら降りられるかと思ったが、杉木立のある下も切り立った崖になっていた。

そのうち、やっと一本の橋がかかっているのを見つけた。橋を渡ったら、川原へ降りることができた。が、そのころはもう何だか風が冷たくなってきて、川原にもそう長くはいられそうもなかった。はるか下流のほうにも一つ橋が見える。そこまでどうやら川原づたいに行けるらしい。

――あの橋まで歩いて行こう。

僕らは、しかし、のんびり歩いて行った。

左手の川の先は崖になっていて、崖の上は道である。道の上はまた崖になっていて、小さな山がつづいていた。道の上を、ときどきトラックやオオト三輪が通る。しかし、普通の車はほとんど見当たらなかった。次の橋まで行ったころは、もう夕暮れが迫って来ていて――山のせいだろう――急に腹が減ったような気がした。橋の上に出たとき、モヤシが云った。

――おい、いい車が来るぜ。

なるほど、トラックやオオト三輪ばかり見ていた僕らにはいい車に見えた。それはだいぶ遠くから橋のほうに走ってくる。

――乗っけてくれりゃいいんだが……。

――虫が良すぎらあ……。

車は凄いスピイドで走って来て、たちまち、橋のところを通りすぎた。クリイム色のきれいな大型のやつである。僕らは橋の上でそれを見送った。橋から少し行った先で、道は左へ折れている。当然、車はそのカアブを曲がって見えなくなるはずであった。ところが、どうしたというのか、曲がったと思ったら、何か大きな音がした。大きな音——それは車が転落したような音であった。

僕らはびっくりした。それから大急ぎでカアブのほうに走って行った。カアブのところまで行って見ると、もう二、三人の人がいて下をのぞきこんで何か云っていた。ひとりは道を向こうから歩いてきた爺さんで、あとのふたりは通りかかったオオト三輪に乗っていた人であった。僕らも下をのぞき込んだ。下の川原にクリイム色の自動車が転がっていた。幸い、一台のトラックがやって来て、若いがんじょうな男が、三、四人乗っていた。この連中がすぐ落ちた車のほうに降りて行った。道がないので、トラックからロオプを出してロオプにつかまって降りて行ったのである。

——そうですよ、と爺さんが話していた。あたしが歩いてたら、そう、誰か急に道にとび出しましてね。それをよけようとしたんでしょうか、ちょうど曲り角を向かって来たあの車があっというまに落っこちゃったんですよ。

オオト三輪の男のひとりは、警察に知らせに車で行ってしまって、爺さんはその残りのひとりとトラックの運転手に話していた。

——だれかとび出したんですか？

モヤシが口を出した。

——ええ、急にね……。びっくりした。

——へえ？

モヤシが妙な顔をした。

そのとき、下の方で男たちの声がした。だめだ、ふたりとも死んでらあ、とか。モヤシは僕をつつくと降りて見ようという。道の端に低いコンクリイトの柵があって、それにロオプが結んであった。車はその柵をとびこえて落ちたのだろう。

——ふたりっていうんじゃ違うな。

と、モヤシが云った。

——何だい？

——いや、今日、山の上で会ったあの三人づれの車かと思ってたんだ。

——ああ、そうか。

僕らはロオプにつかまって降りて見た。崖はかなり高い。降りて見ると、男たちが出したのだろう。川原に人間がふたり横たわっていた。血だらけで気持が悪かった。が、そのふたりを見たとき、僕とモヤシは顔を見合わせた。

山の上にいた三人づれのうちのふたりだったのである。

——おい、あれだぜ。

黒めがねの男とあの女であった。当然、僕らは赤シャツはどうしたのかと考えた。しかし、赤シャツはどこにも見当たらなかった。

——おい、学生さん、と男のひとりが僕らにいった。この連中、知ってんのかい？

僕らは昼すぎ山の上で会ったことを話した。

——そうか、じゃＨへ行った帰りか……。

僕らは気味の悪い死体から逃げ出して、崖の上の道に戻った。モヤシは何やら考え込んでいた。だんだん暗くなるし、腹が減ってくるし、僕は帰りたかった。が、モヤシのやつはいっこうに帰る様子がなかった。

——おい、三人いたのがふたりになってるのはなぜだろう？

——三引く一は二さ、と僕は云った。赤シャツはどっかへ行ったのさ。

——なぜだろう？

——そんなことは赤シャツにきくといいや。

——うん、そうか。

そのうちにも、車が何台も通った。なかには車をとめて降りてくる人もあったし、ゆっくり通り抜けて行くのもあった。人もだいぶ集まって来た。

——人がとび出したって云うんだが。

モヤシは考え深そうにいった。

――おい、見てごらん。

モヤシは道のかたわらを指した。僕は目をパチクリさせて見た。が、崖があるばかりで他に何もなかった。

――何にもないぜ。

――そうさ。崖のなかから人がとび出したのかな。まさか……。

モヤシは例の爺さんのところに行った。爺さんは新しい弥次馬たちに先刻の話を繰り返していた。そこにモヤシが割り込んだ。

――その人はお爺さんの前を歩いていたんですか？

――いやいや、急にとび出したんだ。

――どこからですか？

――どこからか知らんよ。ともかく、あっという間だった。

――その人はひかれなかったんですね？

――そうさ……。あたしはひかれたかと思ったほどだが……。だいじょうぶだったらしい。

第一、けが人はいないからね。

――じゃ、その人はどこへ行ったんでしょう？

——そんなことは知らんよ。逃げちゃったんだろう。

そこへ警官が二、三人やって来た。医者らしい人も来た。しかし、僕らが驚いたことにそのあとから、例の赤いシャツを来た若者がやって来たのである。彼は警官のひとりにしきりに何か話していた。モヤシはその傍へ行って知らぬ顔で聞いているらしかった。それから、赤シャツはロオプを伝って下へ降りて行った。すると、モヤシのやつが、あきれたことにその警官を引っぱって来た。

——話って何だね？

警官がきいた。モヤシは例の赤シャツが下のふたりのつれだと話した。

——そりゃ判ってる。いま、そう云ったところだよ。何でも山を降りたら気持が悪くなったんで、この先の駅の傍にある旅館で休んでいたんだそうだ。あの死んだふたりが帰りに、その宿屋に迎えに寄ることになっていたんだ。ところで、君の話って何だね？

——いえ、とモヤシはもじもじした。崖から人がとび出せるかどうかっていうんです。

——何だって？　つまらんことといっちゃいかん。私だって忙しいんだ。

——本気ですよ、とモヤシが少し不服そうにいった。あの爺さんは人がとび出したことしか判りません。車はその人をよけようとして右手の川に落ちたんだから、その人は左手の崖のほうにいたわけです。なぜ、崖のところにいた人が急にとび出したのでしょう？　しかも、あの爺さんときたら、その人は自分の前を歩いていたわけでもない、ともかく急にとび出したというんです。それなら、崖にへばりついていたのか、崖の下に休んでいたのか……。

警官は少し妙な顔をした。

——それに、その人はどこにも見当たりません。爺さんの話だとほとんどひかれそうになったといいます。車にはねられて自分も川に落ちたのかというと、さっき僕は下の川原をよく見たけれど見当らなかった。爺さんは逃げたと云う。しかし、ほとんどひかれそうになった人間が風のように消えるのは変でしょう？

——いったい、君は何が云いたいんだね？

——つまり、爺さんが見たという人間はいなかったと云いたいんです。

——何だって？　爺さんは見たんだよ。

——そうです、人間らしいものを見たんですよ。

そのとき、僕は例の赤シャツがいつのまにか僕らの近くに来ているのに気がついた。僕が見ると、赤シャツはニヤニヤ笑って近づいて来た。

——やあ、おまえさんたちにゃ、山の上で会ったね。おもしろい話をしてるらしいな。

警官は黙って赤シャツを見た。

——ええ、とモヤシが云った。で、話のつづきですが、人間らしいもの、つまり大きな人形でもいい。それがとび出した。むろん、それは自分ではとび出せません。だれかがとび出させたんです。

――だれが？

――さあ？　ここは崖になっていて、隠れるところではありません。自分が見られるのはまずいんです。とすると……。

モヤシは崖の上を見上げた。崖は五米ばかりの高さで、上は林になっているらしい。が暗くてよく判らなかった。

――この崖の上にいたんだろうと思うんです。この崖の上なら多分カアブの右も左もよく見えるだろうと思うんです。よく判らないけれど、たぶん棒の先に綱をつけるかして、その先に大きな人形か、人間みたいなかっこうをしたものを結びつけて、上から降ろして、車が来たときにさっとそのほうへ動かして……。どうも、よく判らないけれど、そんなことだろうと思うんです。それから、あとはまだ引き上げて……。

――ばかなことといってるぜ。

と赤シャツがいった。

――もちろん、とモヤシがいった。これはばかなやり方です。降ろすところをだれかに見られても困る。ただ、多分、車の来る時刻は判っていたのです。あれは、おい、四時すぎごろだったか？

――うん、と僕は云った。多分そうだ。

――そのころ来るようになっていたと思うんです。それで、あんたはどうしてここへ来たんですか？

モヤシが急に赤シャツにきいたので、僕は大いに面くらった。赤シャツも面くらったらしかった。

――どうしてって、待っててもあのふたりがちっとも来ないところへ、自動車が落ちたって聞いたから……。

――四時すぎは宿屋にいたんですか？

――何を？　このヤロウ、ふざけたこと云うな。

赤シャツはモヤシをなぐろうとした。警官と僕がとめた。警官は赤シャツにきいた。

――宿屋にいたかってきいてるんだ。返事したらいいだろう、なぐることはない。

――いたに決まってらあ。

が、そういうと彼はジロリと僕たちをにらんで向こうへ歩き出した。モヤシは黙って彼を見送っていたが警官にいった。

――あの男のアリバイを調べたほうがいいですよ。この崖の上にもまだ何か残っているかもしれないけれど。

驚いたことにモヤシのことばどおり、赤シャツは崖の上にいて、竹を組み合わせた芯に古服を着せたカカシみたいな人形に青い顔をくっつけてふたりの車を驚かしたのである。殺すつもりはなかった、と赤シャツは云った。が、ただのいたずらにそんなことをするやつもないものである。動機は女のことらしいが、これはよく判らない。崖の上には、近くの藪から切ったらしい青竹が一本あった。

四時すぎ、むろん彼は宿屋にいなかった。このからくりは判るまい、と高をくくっていたのでアリバイ偽装もやっていなかった。

——どうして判ったんだい？

あとで僕がきいたときモヤシはいった。

——崖から人がとび出した。こいつは変だと考えているとき、あの赤シャツがやって来たんだ。ところが、やっこさんの靴に赤土がいっぱいついてるんだ。やっこさんはHに行かないで宿屋にいたはずだろう。あのM山に登っても靴は汚れないよ。あの崖は赤土だ。で、あるいは、と思い出したのさ。

あとで判ったが、妙なことにその日は十三日の金曜日であった。

第四話　青いシャツの死体

ヤマキの家はS河の近くにある、かなり大きな呉服問屋である。ある日、僕とモヤシはヤマキの家に遊びに行った。ヤマキの兄さんは、ある画家について絵の勉強をしている。他にもお弟子さんがいて、都心のある画廊を借りて、そのお弟子さんたちが展覧会をやった。それを見ないかと誘われたので、僕とモヤシはヤマキといっしょに展覧会を見た。

みんなしろうとだけれども、なかなかうまい。話に聞くと、お医者さんとか、学校の先生とか、商店の主人とか、いろいろの人がいるらしい。ヤマキの兄さんは、「ある風景」とかいう題でS河の河岸の風景を描いていた。倉庫のような建物が並んでいて、その前に道があって、手前が川である。

――兄貴にしちゃ、うまいほうだよ。

ヤマキはそんなことをいっていた。

展覧会を見てから、ヤマキが家に来ないかというので遊びに行ったのである。会場からそう遠くない。

しばらくヤマキの家で遊んでから、僕らは帰ることにした。

——どうだい、兄貴の描いた場所を見ないか？

ヤマキがいうので、僕らも賛成した。ヤマキの家から歩いて十分とかからないらしかった。僕らが表に出ると、もう夕暮れが迫っている。少し歩くと、商店はなくなってしまって、大きな倉庫のような建物が並んでいるところに出た。

——なるほど、ここか。

——この少し先だ。

道の右側は川である。対岸には、もう灯をともした家が見える。道には、人影がない。僕らは、もう少し先まで行ってみることにした。

——君の兄さんは、とモヤシが眼鏡をつき上げながら云った。どこから、あの絵を描いたんだい？

——うん、最初はボオトを借りてね。ボオトのなかから描こうとしたらしいんだ。ところが……。

ところが、妙なことが起ってヤマキの説明は途中で尻切れトンボになってしまった。というのは、僕らから二百米ばかり前方にある左手の倉庫のほうから、ふたりの人間が出て来たのだが、このふたりがもつれあったまま、川のほうに動いて行った。動いて行ったというよりは、一方が一方を無理に引きずって行ったと云ったほうがよい。

――……？

――けんかか？

僕らは、ちょっと立ちどまった。ふたりの人間は顔はよく判らないが、一方はジャンパアを着ていて、一方は青いシャツのままであった。そのジャンパアの男を、青いシャツの男が引きずっていた。ふたりはそのまま、川っぷちまで行ってしまった。

――危いなあ。

僕らがそう思ったとき、突然、青いシャツの男は弾かれたように宙を跳んだ。と思うと、そのまま、水に落ちたのである。

――……。

僕らは一瞬、顔を見合わせた。それから、急いで川をのぞき込んだ。が、落ちた男は見えなかった。全然、見えなかった。僕らは、走り出した。二百米の距離を走って現場についたとき、ジャンパアの男は、まだ、川のなかをのぞき込んでいた。が、僕らの足音に振り返ると、あわてて逃げ出した。

――そいつをつかまえろ。

と、モヤシが叫んだ。モヤシは走るのは得意でないから、僕とヤマキより、まだ二十米も遅れていたのである。

僕とヤマキは、その男を追いかけてすぐつかまえた。男はつかまえられると、ポカンとしていた。

――何だ、サン公じゃねえか。

と、ヤマキが云った。ヤマキの話だと、ジャンパアの男は、精神薄弱のサン公に他ならなかった。なんでも、この辺では有名なやつらしかった。が、倉庫の荷運びの手伝いとか、いろいろ雑用に使われていて、悪い男ではないらしい。

――どうして、川のなかに落したんだ？

とヤマキがきいた。サン公はポカンとしていた。僕らは、サン公をつれてモヤシのところに戻った。モヤシは川をのぞいていた。

――おい、つかまえたぜ。

――うん、とモヤシはサン公を見ながら云った。警察に知らせよう。しかし、おかしい話だ。落ちたやつはどうしたんだろう？

僕らの知らせで、すぐ警官がやって来た。また、舟が出て川に落ちた男の捜索が始まった。弥次馬もだいぶ集まって来た。現場から五十米ばかり上流に木の階段があって川に降りられるようになっている。その辺には、二艘ばかり舟がつないである。ひとつは屋形舟というのだろう、屋根のあるやつである。これは捜査には向かない。もうひとつの屋根のないほうに、警官と何人かの男が乗っかった。もっとも、あとで聞いた話だけれど、警官のひとりがおもしろ半分に屋形舟をのぞいたら、ひとりの若い男が若い女といっしょに潜り込んでいるのが見つかったそうである。他人の舟に無断で忍び込むとはとんでもないやつだ、というわけで、ふたりは大目玉をくらったらしい。

もっとも、そのころは、僕らは警察で目撃者として、証言していたのである。僕とヤマキは、サン公が相手を川に突き落したと証言した。なにしろ、見たのだから、まちがいではない。しかし、相手のほうがサン公を川っぷちまで引きずって行ったらしい、と云うことも忘れなかった。

モヤシの奴は妙な顔をして黙り込んでいた。

——君も見たんだろう?

警官にきかれて、モヤシはうなずいた。

——ええ、見ました。でも、ちょっと、おかしいんだ。

——なんだって?

——わざわざ、川のなかに突き落してもらうために相手を引っぱって行くのは変でしょう？

――相手は、サン公を突き落すつもりだったかもしれないね。

――あのひとは、恨まれるようなことをしているんですか？

――そりゃ、判らん。

――サン公はなんて云ってるんですか？

――どうも、あの大将も困ったやつだ。なにしろ、少し、いや大いにバカだからね。知らん、なんにも知らん、と云ってるんだ。君たち三人で夢を見たのでない限り、サン公がやったのは明白だ。

――でも、もうひとつ変なことがあるんですよ。

――なんだね？

――水に落ちたきり、出て来ないのは変でしょう？

――さあ、そうかね？

が、そのとき、ひとりの警官がはいって来て僕らにきいていた警官に何か云った。すると、警官は僕らに向かって云った。

――さあ、もう帰っていいよ。どうも、ありがとう。君らは犯人を逮捕してくれたから表彰されるだろう。

僕らは警察を出た。僕らは少し興奮していた。外はもうすっかり暗くなっていた。

僕とモヤシはヤマキに別れを告げると、省線の駅までバスに乗った。

——サン公って、見たところ、人を川に突き落す人間には見えないね。

——うん。

モヤシは、うなずいた。が、それきり、何もいわなかった。モヤシのやつは、何を考えているのだろう？　しかし、僕にはこの事件は簡単明瞭としか思えなかった。サン公が相手の男を突き落すのを見たのである。なんともしかたがない。サン公には同情するが、嘘はつけない。僕らは省線に乗った。

僕らの家のある駅で降りて、やがて別れるとき、モヤシが云った。

——おまえはサン公が突き落としたと思うかい？

——決まってるさ。おまえだって見たじゃないか？

——見たことは見たよ。しかし、おまえと違う見方をしたような気がしてるんだ。

——なんだって？　判んないな。

——いや、あとで話すよ。今晩、ゆっくり考えてみるよ。まだ、よく判らないんだ。

——考えることなんて、あるもんか。

しかし、翌日、学校へ行くときも、学校でもモヤシは何もいわなかった。ヤマキに聞くと、捜索はつづけられているらしいが、死体はまだ出ないらしかった。

次の日、死体が上がったと警察から学校に電話があって、僕ら三人は許可を得て死体を確認に行った。青いシャツを着た若い男であった。僕らはその男だとは断言できない。が、その男らしいと思った。もっとも、気持が悪いから、よく見なかったのである。が、水死人らしくもなく、醜い感じはなかった。たぶん、心臓麻痺でも起してすぐ死んだのだろう。現場から、遥か下流で発見されたのである。

前に、僕らの相手をした警官がいて、

――どうも、御苦労さま。

と云った。それから、別室で少し休んだ。そのとき、モヤシが云った。

――サン公は、あの死体を見ましたか？

――え？　うん、見たよ。

――なんて云いました。

――知らない、と云っていた。

警官はたばこをふかしながら、笑った。

――普通、人が水に落ちたときは、とモヤシがねむそうな顔で云った。たいてい、いっぺんは浮び上がるでしょう。泳げる人はむろん、泳げない人でもいっぺんは浮び上がって、アップアップ、もがくんじゃないですか？

――そうらしいね。もっとも……すぐ心臓麻痺でも起した場合は……。

――どうせ、解剖するんでしょうが、あの死人が心臓麻痺じゃなくて、なぐられて死んだとか、毒殺されていたとか判ったら、どうなるんですか？

――……？

警官は妙な顔をした。

――それでもサン公が罪になりますか？

――さあ、そりゃ話が違ってくる。サン公の突き落した相手じゃないかもしれないからね。しかし、君たち三人は、サン公が突き落としたのを見ている。落ちた人間がいる以上、水中に死体があるはずだ。そして、サン公は殺人犯と云わざるを得ない。それに死体は青いシャツを着ている。毒殺されていたなんていう話になると、だいぶ違ってくるが、たとえばなぐられたあとがあったといっても、水に落ちる前にサン公になにかでなぐられたかもしれない。

――サン公はなぐりませんでしたよ。

――さあ、どうかな？　なぐって兇器を川に捨てたかもしれない。

――サン公は突き落さなかったかもしれません。

――おいおい。あんまり無茶を云っちゃいかん。

警官は苦笑した。

——僕らは最初、青いシャツの男がはじかれたように宙に飛んで水に落ちるのを見て、サン公が突き飛ばしたと思いました。でも、引きずられていたかっこうのサン公が、突き飛ばすのは変だと思います。それで、僕は考えました。水に落ちた男が、いっぺんも姿を見せないので、考えたんです。

——何を考えたんだい？

——つまり、間違って見ていたのじゃないかと考えたんです。サン公に突き飛ばされたんじゃなくて、自分から水のなかに飛び込んだんじゃないかと思ったんです。

聞いていた僕らはあっけにとられた。

——つまり、サン公に突き落されたと見せかけたかったんじゃないかと思うんです。

——なぜだい？

警官は、モヤシの話にいささかの興味の覚えたらしかった。

——それが判らなくて、僕は大いに弱りました。でも、どうやら判ったような気がします。

モヤシは、相変わらずねむそうな顔をしてつづけた。

——サン公に突き落された青いシャツの人間がいる以上、川のなかには青いシャツの男がいるはずです。誰でも、そう思います。現に、青いシャツの死体が見つかりました。だから、それはサン公に殺された男だと考えます。これが普通です。

——それで？

——ところが、自分から水のなかに飛び込むというのは、自殺するつもりでない以上は何か目的があるはずです。死ぬつもりで飛び込むんじゃないから、むろん、泳げるはずです。飛び込んで、水のなかを長いこと潜って行けるぐらい泳ぎがうまいやつです。僕らは、その男の落ちたあたりばかり見ていました。そして下流に向かって走りました。だから、上流に向かって、水中を潜ったまま泳いでいる人間には気づかなかったと思うんです。それから、僕らはサン公をつかまえるために走ったり、男の落ちたあたりを見たり、警察に知らせに行ったりしました。そのあいだに、落ちた人間は、こっそり水からあがりました。

——いや、なかなかおもしろい話だ。それが、もう一度土左衛門になったのかい？

——いいえ、その男は多分、あの屋形舟に潜り込んだんです。むろん、前から手筈が整えてあって、女が待っていたんです。人間がひとり川に突き落とされたというときは、警察だってそんなアベックなんかどなりつけるくらいで見逃してしまうでしょう。いちいち、調べたりしないでしょう。でも、そのとき調べたら、濡れた青いシャツがどこかに丸めてあったでしょう。男の頭も濡れていたでしょう。

警官は、少しまじめな顔をした。

――そんなふたりづれがいたことは事実だ。

――そうです。警察に行ってから、おまわりさんのひとりが笑って話してくれました。しかし、それが殺人犯かもしれなかったのです。

――なんだって？

――つまり、殺した人間がいる以上、殺された人間もいます。その死体をどうしたらよいか。そこで、芝居を考えます。サン公の噂を聞いていて、サン公を利用しようと思うんです。夕方、あのへんにサン公といっしょにいます。なにか、うまいことサン公をだましたのでしょう。そして、目撃者を待ちます。あまり、近くでもいけない。適当のところに目撃者が現れるのを待って、サン公を引きずって川っぷちのほうに行きます。それから、突き落されたと見せかけて飛び込みます。サン公が殺した、と見た者は思うでしょう。

僕とヤマキは顔を見合わせた。僕らは、驚いて口もきけなかった。

――それから、あとは自分が殺した死体を川に投げ込めばいい。もっとも、ここのところは僕にも、むろん、はっきり判りません。どうやって殺したのか。どうやって川に投げ込んだのか、これは僕じゃなくて警察の調べることですからね。僕はただ……。

警官は立ち上がると、一分ばかりモヤシの顔を見ていた。それから、こう云った。

――君のいうとおり、それはわれわれの仕事だ。念のため、君の意見も参考することにしよう。

そういうと、へやから出て行った。

長くなるから、結論を簡単にいうと、驚いたことに事件はモヤシのやつの云うとおりだったのである。よく知らぬが、なんでも麻酔薬を嗅がせて昏倒した相手を、浴槽に逆さにつけて殺したものらしい。最初から周到に考えられていた犯罪だったのである。真犯人が逮捕されて、サン公は釈放された。が、ヤマキの話だと、サン公は前と少しも変らず、そんな事件なぞなかったような顔をしているそうである。

いつだったか、モヤシに、どうしてあんな見事な推理ができたのか、ときいてみたらモヤシは云った。

――いや、あのサン公を見たら、どうしても犯人と見えなかったからさ。おまえだってサン公は、人を川に突き落す人間には見えない、って云ったじゃないか。

第五話　街路樹の下の男

学校の昼休みの時間、僕とモヤシは校舎の壁にもたれてひなたぼっこをしていた。空には淡い雲が浮いていて、風も冷たくない。何となく春が近い感じがした。

すると、そこへタダがやって来た。タダも僕らのひなたぼっこにならって校舎の壁にもたれかかった。やせて背が高いから、物干竿という仇名がついている。

——妙なことがあるんだ。

と、タダが云った。それから、次のような話をした。それを聞くと、タダはただ漫然とひなたぼっこの仲間入りをしたのではないらしい。モヤシにその話を聞いてもらいたくてやって来たらしかった。

——昨日のことなんだがね、とタダが話し出した。昨日はいつもより速く学校が終ったろう？

昨日は学校の先生たちの相談会とか何とかいうものがあって、授業が早く終ったのである。

タダが云った。

――僕は君たちと違って道草なんか食わないから、まっすぐ家に帰った。

――俺だって、と僕は云った。まっすぐ帰ったよ。変な云い方は止せよ。

――同感、とモヤシが云った。

しかし、正直のところ、タダはなかなかの勉強家でまじめな生徒である。成績も悪くない。もっとも、タダにも欠点はある。タダが歌を歌い出すと、何を歌っているのかさっぱり判らない。つまり、音痴なのである。しかし、本人はいっこうに自分が音痴だと認めようとしない。クラス会なんかで、大きな声を張り上げて、ひょろ長い身体を揺すりながら歌い出すと、みんな吹き出してしまう。タダがまじめくさっているだけに、よけいこっけいである。

――それでね、とタダがいった。早く帰ってみると、おやじが僕を見て、ちょうどいいところに帰って来た、と云うんだ。あるお客さんから預かった時計の修理が出来たので届けてほしいと云うのさ。ついでに、そのお客さんが奥さんにプレゼントするダイヤの指輪も注文を受けているから、それもいっしょに届けてくれ、と云うんだ。

念のために申し添えると、タダの家は時計屋である。が、貴金属類も扱っていて、かなり大きい。タダの話だと、昨日は店が忙しくて、店員は手が放せなかったらしい。

――僕の帰る少し前にそのお客さんから電話があって、会社のほうへ届けてくれと云って来たんだ。ところが、店が忙しくて行ける者がいない。困っているところに僕が帰ったわけだ。

——なるほど、それで届けたのかい？

と、モヤシがきいた。

——うん……とタダは浮かぬ顔をした。届けたはずなんだが……。

つまり、タダは時計と指輪をもって、家を出た。その注文主はタダも知っているSという男である。ある会社の社員で三十幾つぐらいの年輩である。ちょいちょい、タダの店に来るらしい。その会社というのは、タダの店から、そう遠くはない。

タダは品物をもって、会社まで歩いて行った。ところが、会社の少し前まで行ったところで、タダは肝腎のSに会ったのである。会った——というよりは見たのである。Sは、往来の街路樹の下に、誰かを待つような恰好で立っていた。ところが、タダはSを見つけたのに、Sはタダに気づかぬらしかった。

——よく知っているはずなんだが……。

と、タダは考えた。しかし、タダのほうではよく知っているつもりでも、先方は忘れているのかもしれない。そこで、タダはSのかたわらに寄って、

——御注文の品、もって参りました。

と云った。すると、Sは始めは少し驚いたらしい顔をしたが、すぐタダと判ったらしい。黙ってうなずいた。

――ここで宜しいでしょうか？

タダがきくと、Sは再びうなずいた。タダは包みに請求書を添えて、相手に渡した。別に代金を貰って来い、とは云われていない。相手は何か別のことが気になっているらしく、包みを受け取るとしきりに往来の右手のほうを見ている。タダも見たけれど、別に何のへんてつもない。品物を渡せば、もう用はない。

――では、失礼します。

と云って、おじぎすると、Sもちょっと会釈した。それから、家に戻った。

これがタダの話の前半である。ここまで聞いた僕は、タダは何てつまらん話をするのだろう、と思った。ところが、後半を聞くに及んでびっくりした。

――これですめば何でもないんだ、とタダが云った。ところが、夕方、親父が僕の部屋に飛び込んで来た。おまえはいったいだれに品物を渡したのだ？　と怒るんだ。

タダはむろん、ちゃんとSさんに渡したと云った。ところが、タダの父親はタダに、現にいまSが店に来て、

――なぜ、届けてくれなかったのか？

と、ごきげん斜めだと云うのである。タダは驚いてしまった。さっそく、父親といっしょに店に出てみると、なるほど、Sがいて、タダの顔を見るが早いか、こう云った。

——おいおい、いったい、だれに渡したんだい？

タダは狐につままれたような気がした。だれどころではない。ちゃんとSに渡したのだ。渡した当の相手が受取らぬような口ぶりである。

——Sさんに渡しましたよ。

——僕に？　どこです。

——会社の少し手前の通りでした。Sさんは街路樹によっかかっていたでしょう？

——冗談いっちゃいかん。何のために、俺が街路樹によっかかっていなくちゃならないんだ？

タダはあっけにとられた。どうもよく判らない。

——あれ、Sさんじゃなかったんですか？

——なかったんですかって、俺にきいたってしょうがない。ともかく、はっきり云えることは、俺は何にも受けとらないということだ。

それからSは、せっかく奥さんの誕生日に無理して指輪をプレゼントしようと思ったのがダメになった、とやたらにこぼした。のみならず、彼自身の時計も紛失してしまったことになる。その責任者はほかならぬタダ自身だから、タダの店はダイヤの指輪を失った上、預かった時計の弁償もしなければならない。大損害ということになる。

そこで、もう一度そのときの模様をタダが詳しく父親に説明した。タダの父親は怒って聞いていたが、多分、内心満足に使いもできぬ息子とがっかりしていたらしい。すこぶるつまらなそうな顔をしていた。いっぽう、Ｓのほうはタダの失策が気の毒になったらしい。だいぶきげんをなおして、こんなことを云った。

——お宅は指輪を損する。俺は時計を損する。お互にひどい目にあった。しかし、その品物を受けとったっていうのは誰なんだろう？　とんでもないやつだ。

そして、タダの父親が、いずれのちほどお詫びに伺うと云うと、うんうん、と鷹揚にかまえて帰って行ったというのである。

話を聞いた僕らはしばらくポカンとしていた。

——へえ、それじゃ、その街路樹のところにいた男はよっぽど似ていたんだな。

と、僕は云った。

——うん、とタダが浮かぬ顔で云った。

なにしろ、この場合はタダに罪がある。別に強盗に巻き上げられたわけでもないし、だまされたわけでもない。タダのほうが、おじぎをして差し上げて来たのである。むろん、黙って受けとった相手は悪い。と云っても、もとはどう見てもタダのほうに分がない。

——それで、とモヤシが眠そうな顔をして云った。その街路樹のところにいた男とSという男と、服装は同じだったのかい？

——うん……とタダはあいまいな顔をした。どうもよく判らないんだ。うちに来たときはSさんは外套を着ていたけれど、道にいた人はたしか青い背広だったと思うんだ。

——青い背広を着てる男はたくさんいるからなあ、とモヤシは云った。

——それに、タダが云った。あとから考えてみるとおかしいところもあるんだ。Sさんなら道で顔を合わせたら、僕だとすぐ判るはずなんだ。それが、僕が挨拶するまで気がつかなかったからね。そのほかにも、いろいろ変なところが出てくる。僕が間違えたのが悪かったんだが……しかし、よく似ていたからね。

しかし、ここで午後の授業が始まったので、この話のつづきは放課後にもちこされることになった。放課後、僕らは運動場の隅のベンチに坐って額を集めた。それから、こんなことを考えた。街路樹のところにいた男——仮にχとしよう——は、タダがSとまちがえるぐらいSによく似ていた。そんなによく似た人間はいるだろうか？　この結論は、いないことはないだろう、ということに落ちついた。他人の空似とも云う。また、Sに双生児の兄弟がいる場合もあり得る。

——現に、僕はSさんと思って渡したんだからね。

と、タダが云った。

——つぎに、とモヤシが云った。S＝χという式を考えてみよう。

——何だって？

——別に不思議じゃないさ、とモヤシが云った。タダが同一人とまちがえるぐらいよく似ていたとすれば、実際、同一人だったかもしれないからね。

——そうなんだ、とタダが云った。昨日の夕方、Sさんが店に来たときは、最初は冗談云ってるのかと思ったほどだったよ。

——そりゃ、そうだろう。

——でも、それじゃ、なぜSが……。

モヤシはめがねをつつきあげた。

——ともかく、問題はχだ。χが指輪と時計をもってるんだからね。χがSと同じでなければ、得をしたのはχだけだ。Sもタダの店も損をした。もっともタダのところで弁償すればSは損はなくなる。しかし、得もない。なぜ、χだけが得をしたのか？

——タダがまちがえたからさ。

——そうさ、しかし、なぜそのときSとまちがえられるぐらいよく似たχが得をする場所にいたのだろう？　偶然か？　俺はそう思わないんだ。どうも俺には、Sがχという人間をつくり出して少しばかり儲けてやろうという悪企みをしたとしか思えないんだ。

——まさか、あのSさんが……。

と、タダは云った。が、絶対にそうではないと云うほどの確信もないらしかった。僕にも実のところよく判らなかった。

——これが警察とか探偵なら……。

——止せよ、とタダがさえぎった。おやじは内緒にしときたいらしいからね。なにしろ、息子の恥をさらすことは店の恥と思ってるらしいからね。

——判ったよ、とモヤシがニヤニヤした。警察とか探偵なら、そのときのSのアリバイを細かに調査できるんだが、と云いたかったのさ。それに、指輪は自分の損じゃないんだから、奥さんにプレゼントする気があるなら、別な奴を注文すればいいんだ。ところが、君の話じゃプレゼントがダメになったとか云ったらしいけど……それも変だな。

——それじゃ、と僕はいささかイライラして来た。Sが犯人だと判って見逃すのかい？

——どうもお前は気が短いな。誰も犯人と云わないよ。それでSの時計っていうのは上等なのかい？

——うん、大分いいやつらしいよ。何万円とかって……よく知らないが。

──それじゃ、とモヤシが云った。俺たちは探偵でも警察でもないんだから、別の方法で、S＝χという式を解いてみよう。うまく行くといいが……。

……それから、二日ばかり経った日の夕刻近く、二日ばかり経った日の夕刻近く、僕とモヤシはあるビルの入り口近くに立っていた。会社の退社時刻らしく、勤人らしい男女がぞろぞろ出てくる。するとタダが入口からすまして出て来た。それから、自分の前を行くひとりの男を指さした。それはひょろ長い物干竿のタダよりは背が低い、中肉中背の男で、灰色の外套に赤いマフラアをつけていた。

──……。

僕とモヤシは目でタダに合図した。それから、その男について歩き出した。タダはどこかに消えてしまう。二、三分歩くと、その男の四囲に人がまばらになった。

──どうする？

モヤシがうなずいた。と思うと、モヤシは駆け出した。そのあとを追って僕も駆け出した。

──やい、ずるいぞ。

と、僕はどなった。僕は右手にスケエト靴をむき出しのまま持っていた。モヤシのやつが、男の左方を駈け抜けた。男は僕の声を聞いたのだろう、ちょっとふり返った、そのとき、男の左手を駈け抜けようとして、僕のスケエト靴が男にぶつかった。

——あっ、いけねえ。

僕はふり返った。男は左手をあげて、時計を見る動作をした。僕は男のところに戻って行った。男はこわい顔をして僕を見ていた。モヤシもやって来た。

——どうしたんだい？

——しようのないやつだな、と男が舌打ちした。時計のガラスが割れたじゃないか？

——ほんとですか、どうもすみません。

僕は謝った。そしてモヤシといっしょに時計をのぞき込んだ。何だかバカに上等らしい代物であった。が、ガラスが割れていた。

——そうだ、とモヤシがいった。タダの店、この近くだろう、あそこで直して貰おうか？

——うん、名案だな。

そこで僕らは友人のタダという生徒の家が時計屋でこの近くにあるから、そこで直して貰って差し上げよう、と申し出た。しかし、それを聞いた男は急に時計を隠してしまった。ガラスぐらい、たいしたことはないからかまわない、と寛大になった。それから、熱心に修繕を申し出ている僕らにはおかまいなく、歩いて行ってしまった。

十分後、僕らはタダの家にいた。僕らは顔を見合わせてニヤニヤしていた。モヤシの作戦が効を奏したのである。諸君はむろん、お気づきだろうが、すべてはモヤシの計画どおりであった。タダの父親には、いずれ高価なやつと取り替えるが差し当たってこれを使っていてくれ、とSに安物の時計を渡すようにしてもらった。もし男が安物の腕時計をしていたら――モヤシの作戦もうまく行かなかったろう。しかし、僕が狙って打ちつけたスケエト靴がガラスを割った時計は、タダの父親から聞いた例の時計――つまりタダがχに渡したやつ――と寸分違わなかったのである。むろん、モヤシに抜け目はない。Sがどっちの腕に時計を巻いていたかも、ちゃんと聞き出していた。

タダがχに渡して行方不明になったはずの時計がSの腕についていたとなると、S＝χなる式が成立すると見てよい。多分、Sという男は安物の時計なぞする気がなかったのだろう。

――こいつは驚いた。

と、人の好さそうなタダの父親は、息子から話を聞くとしきりに驚いたり感心したりしてみせた。眠そうな顔をして、ぱっとしないモヤシの頭がそんなことを思いつくとは、全く意外だという顔をした。僕らは、近くのレストランでタダのお父さんからたくさん御馳走になった。タダのお父さんはビイルで赤くなってこう云った。

――まあ、指輪は諦めましょう。Sさんもいままではお客でしたからね。そのかわり、モヤシさんでしたか……。

――違うよ、ワダ君だよ、と急いでタダが訂正した。

――これは失礼、ワダさんか、私もどうも変だと思った。まあ、ワダさんみたいな若い人と知り合いになれて私はかえって嬉しいね。いっしょにビイルが飲めないのが残念だが……。

三日ほどして、学校でタダがいった。

――おい、あの指輪が戻って来たよ。差出人不明の郵便でね。

へえ、と僕はモヤシを見た。どうしたんだろう？

――いや、誰か忠告したんだろう、電話ででも。黙って返したほうが安全だとかってね。過ちて改むるに憚《はばか》るなかれ、さ。

モヤシはねむそうな顔でいった。

II

春風コンビお手柄帳

第一話　消えた時計

ナカムラ君

新学期が始まって、みんな、うれしそうな顔をしているのに、ナカムラ君は浮かぬ顔をしていた。ナカムラ君はたいへん肥っていて、つまりデブ公で、ふだんはとても朗かである。

僕は痩《やせ》ていて、ときどき、ナカムラ君に、

――僕の肉、半分やろうか？

なんて云われる。そんなとき、僕は、

――その気持ち、わかるよ。君も僕ぐらいスマアトになりたいだろうな。

と、答えることにしている。片方は肥っていて、片方は痩せているが、僕たちふたりは仲がよい。仲のよい友人が浮かぬ顔をしているので、僕は気になった。授業中、ナカムラ君のほうを見ても、いつものように舌を出したりしない。ナカムラ君はゴリラのまねをするのがうまい。先生に気づかれぬように、ゴリラのまねをやったりする。みんな、吹き出すから、先生は何事かと思って見まわす。そのときはもう、ナカムラ君はすまして知らん顔をしている。しかし、きょうのナカムラ君は、ゴリラのまねなんかとうていやりそうに見えない。

休み時間になると、僕はさっそくナカムラ君をつかまえた。ドン、と彼の背中をついて、

――おい、どうしたんだい？

と、声をかけた。いつもだと、ナカムラ君もドンと僕の胸をついて、

――いっちょうもんでやろうか？

と、相撲をとるかっこうをしたりするのだが、この日はだまって、首を振ったにすぎなかった。

――ぐあいが悪いのかい？

――いや、そうじゃないけど……。うちで変なことがあったんだ。

――変なこと？

――うん、あとで昼休みに話すよ。

何だか、早く聞きたい気がしたけれども、しかたがない。昼休みまで待つことにした。昼休みに、僕は大急ぎで弁当を食べてしまったが、ナカムラ君はゆうゆうと食べている。たぶん、僕もナカムラ君みたいに何でもゆうゆうと食べれば、肥れるかもしれない。しかし、ど

うも僕はせっかちのせいか、何でも早いところ胃のなかに送り込んでしまう癖がある。

——おい、早く片付づけろよ。

と、さいそくしても、ナカムラ君はちっとも狼狽しない。じれったいことおびただしかった。やっと食べ終わったナカムラ君といっしょに教室を出ると、校庭の隅の大きなイチョウの木の下に行った。木の下にはベンチが置いてある。そのベンチに並んですわった。

さてその事件とは

——昨夜、うちで時計がなくなっちゃったんだよ。

ナカムラ君が云った。

正直のところ、僕は少しがっかりした。がっかりしたと云うと、ナカムラ君に悪いけれども、僕はもっと大事件でも起きたのかと思っていたのである。

——なんだ、そんなことか……。

僕はそう云ってしまった。

——そんなことを云うのなら、もう話してやらないぞ。

——ごめん、ごめん、まあ、聞いてやることにするよ。

——こいつ。

ナカムラ君は少し元気になって、僕の肩をこづいた。

——その時計というのが……。

と、ナカムラ君の説明してくれたところによると、何でもたいへんな高価な代物だと云うのである。ナカムラ君のおとうさんは外国の商事会社につとめている。その関係かどうかしらないが、ナカムラ君のおとうさんとたいへん親しくしていたひとりの外国人が、故国へ帰るとき、記念にその懐中時計をくれたと云う。ナカムラ君自身はそんなものにあまり興味がないらしく、はっきりしたことはよく知らないらしい。が、何でも金側で、おまけに文字盤のほうにも金の蓋がついていて、それに彫刻がしてある。その蓋の裏には宝石が三個はめこんである。

——へえ、珍しい時計だね。

——うん、ずいぶん古い時計らしいんだ。旧式なんだろうけど、そこがまた値うちのあるところらしいんだ。

僕はしだいに、その時計の話に興味を持ち始めた。

——じゃ、君のおとうさんはだいじにしてたんだね？

——あたりまえさ。

ナカムラ君の話だと、ナカムラ君のおとうさんは、わざわざりっぱな箱を造らせて、そのなかにしまっておいたらしい。それでも、毎朝、ちゃんとネジだけは巻く。

——そのネジっていうやつも、竜頭なんかじゃないんだぜ。ちいちゃい鍵がついていて、それを差し込んでギイギイって巻くんだ。

僕はそんな時計は見たこともないから、大いに面くらった。

——君は、巻いたことあるかい？

——ないよ。僕なんかにさわらせないんだ。

しかし、ナカムラ君のおとうさんはその時計が自慢で、客があると出して見せるらしかった。そして、息子のナカムラ君がはずかしくなるぐらい時計の自慢話をするらしかった。たぶん、その時計の自慢話はかなり有名になっているらしい。というのは、ナカムラ君の家へ来る客のなかには、何も云われない先に、

——時計を拝見しましょうか？

と、云いだすひともいるそうである。

——それが、どうしてなくなったんだい？

——うん。

と、ナカムラ君は浮かぬ顔をした。

一瞬のできごと

——昨夜ね、うちにお客さんがあったんだ。

どういうひとか、ナカムラ君はよく知らぬらしい。云い忘れたけれども、ナカムラ君の家というのは、最近、あちこちに見かける高層アパアトのなかにある。五階建ての建物の五階にある。僕も何べんか遊びに行ったことがあるが、五階まで登って行くのはそうとうの運動になる。

ところで、ナカムラ君のおとうさんは例によって、その客に時計を出して見せた。いつものとおり、自慢話をした。そのとき、ナカムラ君はおかあさんや妹と別室でテレビを見ていた。すると、急に廊下のほうで大声がした。

——たいへんだ、四階がたいへんだ。

と、叫んでいるらしい声がした。ナカムラ君もおとうさんもおかあさんも、なにごとかと思ってドアを開けて外をのぞいた。ところが、それっきり、何も変わったようすがない。ナカムラ君はそれでも、四階まで降りてみた。四階の廊下には誰もいない。四階の家には別に異状もないらしい。狐につままれたような気持ちで、ナカムラ君は引き返した。

——おまえ、時計を知らないか？

家へはいったとたん、ナカムラ君はおとうさんにそうたずねられた。おとうさんは、ひどく真剣な顔をしていて、怒っているような調子である。ナカムラ君は大いにびっくりした。

——知らないよ。

——ほんとに知らないか？

——知らないよ、時計なんて。いったい、どうしたの？

おとうさんは眉をしかめて腕組みをした。するとナカムラ君のおかあさんが、こっそり、

——時計がなくなったのよ。

と、教えてくれたので、ナカムラ君は思わず大声を出した。

——何だって？

ナカムラ君は客を見た。客はナカムラ君のおとうさんと同年輩の男であるが、何だか、当惑したような顔をしていた。妹はテレビを見つづけていたから、ナカムラ君がおとうさんやお母さんと外をのぞいて見たとき、その部屋に残っていたのは、その客ひとりである。おとうさんもおかあさんも、すぐ部屋にもどったから、時間にすると、二分とたっていない。けれども、盗むにはじゅうぶんの時間と云えないこともない。

と、ここまで話を聞いたら、残念ながら、ベルが鳴ってしまった。だから、これから先は、

授業が終わってから聞いた話である。

——そのお客さん、あやしいね。

——僕もそう思ったんだ。

と、ナカムラ君は云った。ところが、あやしくなかったのである。というのは、懐中時計だけなら、ポケットにかくしてしまえるだろうが、りっぱな箱もいっしょに消えてしまったのである。その箱というのは、縦横十センチばかりの大きさで、厚さも五センチ近くある。ちょいとポケットに入れるというわけにはいかない。よしんば、入れたとしても、ふくらんですぐ目についてしまう。

——だけどもね、と僕は少しばかり名探偵になったつもりで云った。時計だけポケットに入れて、箱のほうを窓から捨てたらわかんないだろう?

——いや、実は僕もそう思ったんだ。それで急いで下までおりて見たんだ。だけど、箱は落ちてなかったんだ。

——だれかに拾われたのかもしれないよ。

——いや、ともかく、その客は時計を持っていなかったんだよ。そのひとも、自分が疑われる立場にあることを知ってるもんだから、自分から進んで身体検査をしてくれって、云い出したのさ。

最初はナカムラ君のおとうさんも、そこまではしたくなかったらしい。しかし、客がそうしてもらわないと自分の気がすまない、と云うので調べることにした。が、時計は客のからだにも、かばんのなかにもなかった。つまり、時計は消えてしまったのである。

——おかしいなあ。

——おかしいだろう?

——それに、大声を出してさわいだ人間というのもへんだなあ。

——まったく、へんなんだ。

ユキコの名探偵

僕はナカムラ君と別れて家にもどると、おとなりのユキコさんのところに行くことにした。ユキコさんは僕らとちがう学校に行っている中学生である。なんでも、たいへん秀才なんだそうだが、少しばかり茶目でかわいらしい女学生である。冬の間はピンピンしていたくせに、春になったらカゼをひいたというので、見舞いがてら行ってみた。ところが、ユキコさんはもう起きていて、自分の部屋の窓辺にすわってマンドリンを鳴らしていた。

——何だ、もうなおったのかい?

——お見舞い、何もって来てくれた？

——ちぇっ、あつかましいなあ。

——ちぇっ、けちんぼなの。

僕は口ではユキコさんにかなわない。そこで、こんなやりとりは早いところきりあげて、ナカムラ君の話をすることにした。ユキコさんは、たいへん興味ぶかそうに僕の話を聞いていた。僕はナカムラくんから聞いたままを、できるだけ正確に話した。

聞き終わると、ユキコさんはちょっと首をかしげて考えこむ恰好をした。

——へんね。とユキコさんは云った。そのナカムラさんのおとうさんが、どっかにしまっちゃったんじゃないの？

——そうじゃないらしいよ。大声がして外をのぞいたときは、時計はちゃんとテエブルの上にあったっていうんだから……。

——そう。シンスケ君はどう思ってるの？

シンスケ君というのは、ほかならぬ僕のなまえである。

——僕は、大声を出してさわいだやつが怪しいと思うんだ。

——いい思いつきね。

——よせやい。つまり、そいつと客がグルになってたんじゃないかという気がするんだよ。

——ますます、いいぞ。でも、どういうふうにグルになってるの？

——つまりだね、外でひとりのやつがさわぎたてるかどうかすれば、家の者はのぞいて見るだろう。そのすきに、なかの客が……。

ここまで云いかけて、僕は口をおさえた。なかの客は時計を持っていなかったはずである。だから、盗んだのではない。すると、時計はどこに消えたのか？

——なかの客が、どうしたの？

——ちょっと待ってくれよ。どうしたんだろう？

——考えてみましょうよ。いいこと、ナカムラさんのおとうさんとお客さんがAの部屋にいて、おかあさんとナカムラさんと妹はBの部屋でテレビを見ているのよ。Aの部屋のテエブルの上には時計がおいてあって、おとうさんは自慢話をしているのよ。

——そこに大声が聞こえた。

——四階がたいへんだって云ったんでしょう？

——そうらしいね。それでおとうさんはドアを開けて外をのぞいた。おかあさんもナカムラ君も出て来てのぞいた。そのとき、Bの部屋には妹がひとりでテレビを見ていて……。

——Aの部屋には、そのお客さんひとりしかいないわけね。ところが、おとうさんがAの部屋に引き返したら、時計がなくなっていたんでしょう？　二分とたたないうちに……。

――そうなんだけど……。

――それじゃ、簡単じゃないの。

――簡単だって？

僕はあっけにとられた。そこへ、ユキコさんのおかあさんがやって来て、カステラを出してくれたから、僕は遠慮なくちょうだいした。カステラをほおばりながら、考えたけれども、いっこうに簡単だとは思えない。わけがわからなくなるばかりである。

――わかんない？

と、ユキコさんが云った。

――わかんないね。

僕は正直なところを白状した。しかし、どうもしゃくにさわるから、もう一切れカステラをつまんで一口にほおばったら、のどにつかえてひどい目にあった。

――そのお客さんがとったに決まってるじゃないの。

――何だ、そんなことか……。

僕は笑ってしまった。もう少し名答をするのかと思ったら、ユキコさんもつまらないことを考えるものである。その客は、時計を持っていなかったではないか。僕はその点をユキコさんにもう一度思い出させてやった。

ご名答　でも八十点

——じゃ、時計に羽がはえてとんで行ったっていうの？

——そんなことはないけど、ともかく、その客は持ってなかったんだ。

——時計がかってに動き出さないかぎり、人間が動かしたに決まってるでしょう？

——そりゃ、そうだけど……。そのひとは持ってなかったんだよ。

——そのとき、持ってなくても、あとで持ってたかもしれないわよ。

——あとで？

——窓があいてたんでしょう？

——うん、それは僕もナカムラ君も考えたんだ。窓から投げたんじゃないかってね、でも、さっきもいったように、下には落ちてなかったんだ。

——窓から投げておいて、あとで拾いに行くっていうわけね。でも、誰かに拾われちゃうかもしれないわ。

そのとき、僕はすばらしいことに気がついた。どうしてもっと早く気がつかなかったのだろう？

――わかったよ、その客が窓から投げた時計の箱を、大声を出した男がおりて行って拾ったんだよ。

――あら、シンスケ君も案外頭が働くのね。

と、ユキコさんはどうも腹のたつことを云った。

――でも、八十点かな？

――何だって？

――だって時計の箱を、五階から投げ落とすなんて乱暴じゃない？　箱がこわれるかもしれないし、時計だってだめになるかもしれなくてよ。おまけに、ちょうどそのとき、だれか時計の落ちて来るところにいて、時計を横どりされるかもしれないでしょう？　だって、大声を出したひとが下まで行きつくころには、時計はとっくに落ちているんだもの。

――じゃ、ユキコさんはどう思うんだい？

――うけたまわりたい？

ユキコさんの推理

――ちぇっ、いいよ、降参するよ。

——上よ。

——何だって？

——窓から外へ箱を出すっていえば、落ちることしか考えないでしょう？　ところが、あたしは逆に考えたの。上に登って行ったのよ。

——何だって？　羽がはえてかい？

——屋上よ。屋上から綱の先に袋か何かつけて窓の近くにつりさげておくのよ。部屋のなかからは、むろん見えないようにね。そして大声で叫んで、そっと屋上にあがっちゃうのよ。ナカムラさんの家のひとは、もし気をつけるにしても下のほう、四階のほうしか考えないわ。上の屋上なんて考えてもみないだろうと思うの。お客さんは窓から手を伸ばして、時計を箱ごと袋か何かに入れちゃえばそれでいいのよ。屋上に行った男が綱を引き上げちゃって、それで、めでたし、めでたし……。

僕はあぜんとした。それから、ふうん、とうなってしまった。上とはぜんぜん気がつかなかったのである。

——このとおりかどうかよくわかんないけどたぶん、このとおりだと思うんだ。シンスケ君、ナカムラさんに電話あったら、かけたほうがいいわよ。

まったくあきれたことに、時計紛失事件はユキコさんの推理どおりだったのである。時計はぶじ、ナカムラ君のおとうさんの手にもどった。最初、知らばっくれた客も、その夜、前のアパアトに、その客の行動を見ていた目撃者がいると云われて、白状した。そして警察ざたにはならずに終わった。しかし、目撃者は実はいなかった。ユキコさんが、いたことにしろと提案したのである。まったく、僕もナカムラ君もあきれてものが云えなかった。が、どうもユキコさんに頭が上がらないような気がするのは残念でならない。その後、ナカムラ君のおとうさんは、客があっても時計は見せないらしい。時計の自慢もしないらしい。

ユキコさんはナカムラ君のおとうさんにごちそうになって――このときは僕とナカムラ君もいっしょだったが――しゃれた手提袋を買ってもらった。こないだの日曜日、僕が庭にいたら、ユキコさんがのぞいて、

――シンスケ君、この手提袋いいでしょう？

と見せびらかして、お下げ髪を踊らせながら、とっととどこかへ出かけて行った。しゃくにさわるけれども、どうもにくめないのである。

第二話　消えた猫

モリタさんとタマコさん

うちの近所に、モリタさんという家がある。モリタさんの家は、息子さんとお母さんと女中さんの三人暮らしである。息子さんのモリタさんは、どこかの会社に勤めているらしいが、くわしいことは知らない。いくつなのか、正確なところも知らない。が、もう三十歳にはなっているだろう。それなのに、モリタさんはまだ独身者である。

僕にとっては、モリタさんがお嫁さんをもらおうともらうまいとそんなことはどうでもいいことである。しかし、僕の母や、おとなりのユキコさんのお母さんにとっては、どうでもいいことではないらしい。

――あのかた、もう三十すぎたんじゃないかしら?

――そうでしょう。それなのに、まだおひとりなんて……。ねえあのかたのお母さんも少し考えてあげりゃいいのに……。

――でもね、あのお母さんも。

僕に云わせると、どうも世間の母親というものは、くだらんよけいなおしゃべりばかりしているように思う。でも、うっかり口出しすると、

――こどもはおとなの話に口出しするんじゃありません。

と、やられるから、だまっていることにしている。しかし、モリタさんがなかなかお嫁さんをもらわないのには、理由がある。これも、僕の母が父と話しているのを聞いたのだが、何でもモリタさんのお母さんというひとが、変わりものなのだそうである。

モリタさんのお母さんというひとは、もう五十いくつかになっているが――お父さんはとうになくなったらしい――猫をかわいがっている。それだけなら何でもないけれども、そのかわいがりかたが普通ではない。僕はその猫を見たことはないが、何でもチャンチャンコみたいなものを着せられて、首には首輪をつけて、ちゃんと猫用の座布団まで持っている。とても上等な座布団で、知らないひとは、お客用のやつとまちがえるらしい。

猫を呼ぶにも、タマ、なんて呼ばない。タマコさんと呼ぶのである。女中さんも、タマコさんと呼ばないとおこられるらしい。食事も人間と同じ、もしくはそれ以上のものを食べさせているらしく、女中さんは猫に食事をやってからでないと、自分の食事ができないらしい。

だから、いままでに何人か女中さんが代わったのも、猫のせいだと云われている。モリタさんにも、これまでに何人かお嫁さんの候補者があったらしいが、みんなダメになった。それも猫のせいらしい、という話である。

――そんなバカな話ってあるもんか。

最初、その話を聞いたとき、僕は信用しなかった。が、どうもほんとうらしい。猫を人間同等、いやそれ以上に扱ってくれるお嫁さんなんて、いまどきいくらさがしたって見つかるはずがない。それに、モリタさんはおとなしいひとらしいので、お母さんのいうなりになっているらしい。これも何だかじれったい話である。

いつだったか、ユキコさんと、この話をしたら、ユキコさんはとても憤慨していた。

――タマコさんなんて、バカにしてるわ。

――あいにくユキコさん、っていう名まえの猫じゃなくて残念だったなあ。

――あら、タマコさんとシンスケ君なんて、ちょっといいコンビじゃない？

――バカにすんない。

しかし、モリタさんの猫の話を聞くと、たいていのひとはあきれてしまう。ナカムラ君は僕の話を聞いて、知り合いの家のシェパアドを借りて来て、その猫をおどかしてやろうなんて乱暴なことを云ったことがある。でも、犬をつれて来てもなんにもならない。猫はモリタさんの家のなかから、一歩も外へ出ないのである。

タマコさん行方不明

ところが、その猫が行方不明になった。

ある日、僕が学校から返ってくると、母がおとなりのユキコさんのお母さんとふたりで、茶の間でおしゃべりしていた。ユキコさんのお母さんはモリタさんのお母さんから聞いたという話をしていた。

——ふしぎね。

——ほんと、でも猫は魔物っていうでしょう？　だから……。

——ああ、腹がへった、と僕は口をはさんだ。何かないの？

——お行儀が悪いわよ。いくつになってもこどもみたいに。

こんなときは、こどもではないみたいな云い方をされるからおもしろくない。が、母が出してくれたケエキを二切ればかり平げると、少し落ちついたので、話を聞くことにした。そして、モリタさんの猫が行方不明になったことを知ったのである。

僕はその話に興味をもったから、おとなりのユキコさんのところに行ってみた。ユキコさんは机に向かって勉強していた。

――やっぱり、勉強家は違うね。

――怠けものの台詞は決まってるわね。

――ちぇっ、猫の話、聞いたかい?

――どこの猫?

――モリタさんの猫が行方不明になったんだよ。

――ああ、うちのお母さんがシンスケ君のところに寄ってるんでしょう? どうもお使いの帰りがおそいと思った。また、そんな話してんのね。おとなってしょうがないな。

――その話を、いま僕も聞いたとこなんだ。

――あたしは、モリタさんの女中さんからも聞いたわ。

――へえ?

どうして、その猫がいなくなったか、僕が改めてユキコさんから聞いた話を紹介しよう。

猫がいなくなったのは、昨日――日曜日である。僕はモリタさんの家にははいったことがないから知らないが、その日、猫は洋間のソファアで昼寝をしていたのだそうである。たいせつな猫の昼寝だから、そのときお客さんが来たとしても洋間へは通さなかったろう。

そのとき、モリタさんは日曜で休みなので、庭で植木の植えかえをしていた。じゃまになる木があるので、移しかえようとシャベルで土を掘っていた。むろん、植木屋をたのむほどの大仕事ではなかったらしい。

それから、モリタさんのお母さんは奥の部屋で雑誌を読んでいた。

——よくそんなことまで知ってるね。

——そりゃ、話を聞く以上、ちゃんと細大もらさず聞かなくちゃ。

ユキコさんはお下げ髪をつまみながら、目玉をくるくるさせた。たぶん、得意なんだろうと思うが、からかうと話が聞けなくなる危険があるから、大いに感心したらしい顔をして見せた。

女中さんは、そのとき、モリタさんのお母さんがいる隣りの部屋で片づけものをしていた。すると、モリタさんのお母さんが洋間のほうに行く気配がして、もどってくると女中さんに云った。

——タマコさんは、よくおねんねしてるようだけど……。そろそろ、おやつをあげておくれ。そうね、パンにバタをつけたのを二切れぐらいあげておくれ。それに牛乳と。

——はい。

女中さんは云われたとおりバタつきパン二切れと、小鉢に牛乳を入れたのを盆にのせて洋間に持って行った。猫はソファアの上で、いい気持ちそうに眠っていた。ちょっと、うす目を開けたが、女中さんだとわかると、なあんだ、とでもいうようにまた目を閉じた。ここで女中さんは、持って行ったものを盆のまま、ソファアの前の床においてもどって来た。

ところが、たいへん奇妙なことが起こったのである。

というのは、それから三十分ばかりして、モリタさんのお母さんが洋間をのぞいたところ、猫はソファアの上にいなかった。ソファアの下にもいなかった。テエブルの下にもいなかった。どこをさがしてもいなかった。モリタさんのお母さんはびっくりして女中さんを呼んだ。

——おまえ、タマコさんを知らないかい？

——さあ？　どうなさったんですか？

——いないんだよ。

——まあ。

女中さんもびっくりした。二人で洋間をさがした。が、どこにもいなかった。女中さんの持って行った盆の上のパンが一切れになっている。だから、一切れは食べたらしい。一切れ食べて雲がくれしてしまったのである。

ところで、なぜふしぎかというと、その洋間は昼寝している猫のタマコさんにじゃまがはいらぬようにと、風も窓もみんな閉めてあったからである。洋間に猫が見当たらぬとわかったとき、モリタさんのお母さんは庭にいる息子さんに声をかけようと窓を開けた。が、このとき窓の掛金をはずさねばならなかった。女中さんは窓を閉めるときは、必ず掛金をおろすように注意されているので、昼でも夜でも閉めると掛金をおろす癖がついている。だから、猫が自分で窓を開けて出て行った、と無理に想像することもできない。つまり、出口のない部屋から猫は出て行ったのである。

庭にいた息子さんも、猫がいなくなったと聞いて驚いた。が、息子さんも猫は見かけなかったと云った。すると、猫はどこに行ったのか？　念のため、三人で家じゅうさがした。家のなかばかりでなく、庭も物置もさがした。が、どこにもいなかった。

モリタさんのお母さんは、たいへん取り乱して警察に電話した。が、警察も忙しくて、猫のために大いに尽力するまでには至らなかったものらしい。モリタさんのお母さんは半分気違いみたいになって、ユキコさんのうちにやって来て、猫がいなくなった話をしていったものらしい。前から、ユキコさんの家とモリタさんの家とは多少交際があるのである。そのお母さんの話を聞いたユキコさんは念のため女中さんからも聞き出したというわけである。

気体になった？

ざっと以上のような話を聞いて、僕には何とも合点がいかなかった。それに、僕にとって不可解なのは、ユキコさんまでさっぱり見当がつかないような顔をしていることである。見当がつかないから、そんなことに頭を使うのは損だという顔をしていることである。

――へえ、ユキコさんほどの名探偵でもダメかね？

と、気を引くようなことを云ってみても、

――ダメ、ダメ、ちっともわかんないの。

と云う。僕はあきらめて引き上げることにした。

翌日、学校でナカムラ君に会ってこの話をしたら、ナカムラ君はすぐに、

――それは壁のなかかもしれないよ。

と云って僕を面くらわせた。聞いてみると、エドガア＝アラン＝ポオという小説家の「黒猫」という作品は、うっかり死体といっしょに猫を壁のなかに塗りこめてしまう話だそうである。しかし、モリタさんの猫が壁のなかにいるはずがない。

その日、家へ帰ってしばらくすると、ユキコさんがやって来た。

――僕は勉強が忙しいんだがな。

――じゃあ、いいわ。猫の行方がわかった話しようと思ったけど、やめとこ。

――いいよ、いいよ。してくれよ。

――勉強は？

——平ちゃらさ。

僕らは庭のベンチに座った。庭のベンチとテエブルは僕が作ったもので、少しぐらぐらするけれども、まんざら悪くない。

——それで、猫はどこにいたの？

——考えてみたら、わかった気がしたのよ。

——こっちには、さっぱりわかんないな。窓もドアも閉まってたんだろう？　おまけに窓には掛金までおりてたって云うんだからね。窓からは出られない。ドアだってダメさ。もっとも、うちの親戚の家の猫で襖や障子を開けるやつがいるけど、ドアはダメだろう。取手をまわさなくちゃ、開かないからね。

——そのとおりね。

——ところが、モリタさんのお母さんがのぞいたらいなかったって云うんだろう？　どこに行っちゃったんだろう？

——それが問題よ。

このとき、僕は気がついた。

——もしかして、女中さんはドアを閉めたつもりで、ちゃんと閉めなかったんじゃないかな？

——そこから出たっていうの？　なぜ、いつもうちのなかにいる猫が急に身をかくさなくちゃならないの？　三十点ね。

——ちぇっ。モリタさんは関係ないだろうか？

僕は猫のおかげで、お嫁さんの話がダメになる以上、おとなしそうなモリタさんでも、その猫に恨みを持つかもしれないと考えた。だから、猫をつかまえて……。

——ああ、そうか、窓は内側から掛金がおりていたんだっけ。窓からははいれないわけだ。

——いい思いつきね、でも、はいったとしても外へ出てから掛金はおろせないわ。

——それに、モリタさんはずっと植木を植えかえる仕事してたんだろう？　やっぱり、猫には関係ないらしいね。

——そうよ、モリタさんはお母さんに呼ばれるまでずっと庭にいた。一度でもうちにははいらなかったのよ。

——でも、猫はいなくなっちゃったんだからね。さっぱりわかんないや、猫が気体になるわけもないし……。

——いいこと、猫がソファアでお昼寝しているのよ。そこへ女中さんがパンと牛乳を運んで行って、おいてもどって来たわけね。それから三十分ばかりして、モリタさんのお母さんがのぞいてみたらもういなくなってたのよ。パン一切れといっしょに。わかる？

――わかんないね。

――女中さんはどうかしら?

――何だって?

――閉め切った部屋のなかから猫が消えたとすると、理由があるわけよ。だれかが消したはずよ、お母さんじゃないでしょう? 息子さんでもないわ。部屋にはいれないんだから。

――じゃ、女中さんだっていうのかい?

――そのほかにだれがいて?

――ふうん。

僕はあっけにとられた。そう云われればそんな気もする。いったい、猫をどこにやったというのだろう? どこかにかくすにしても、家じゅうで根気よくさがすはずだから、見つかってしまう危険がある。その危険をおかしてまで、猫をかくすだろうか? どうもわからない。

――じゃ、どこにかくしたんだい? それに話に聞くと、女中さんはすぐもどって来て、また片づけものをしてたっていうよ、かくしてるひまなんかなかったらしいよ。

――そりゃ、なかったわ。でもだれかが手伝ってくれればね。

――何だって?

僕は面くらってユキコさんの顔を見た。

——多分、そうだろうと思うんだ。つまりね、女中さんもモリタさんの息子さんも、その猫が嫌いだったんだろうと思うの。その点で意見が一致したのよ。きっと、息子さんのほうじゃ女中さんを気の毒に思ったかもしれないし……何しろ猫以下の待遇じゃね……それに女中さんのほうも息子さんに同情したかもしれないわ。それでふたりで計画をたてたんじゃないかしら。

——計画？

——つまり、女中さんは洋間へはいってお盆をおいて来ただけじゃないのよ。猫にパンを一切れくわえさせて、窓から外へ出したのよ。それを息子さんが受けとると、女中さんは窓を閉めて掛金をおろしちゃうの。むろん、そっとやったはずよ。

——へえ、驚いたなあ。ほんとかしら？

——たぶん、そうよ。だってほかには考えられないんですもの。

——そうすると、猫はどこにいるんだい？

——ね、ほんとのところ、あたしだってこんなこと考えたくないの。でも、猫はきっと死んだわ。少し気持ち悪いけど。ね、そのときモリタさんの息子さんが植木の植えかえしてたの、おぼえてるでしょう？　だから、たぶん、猫はその植木の下にうめられたんじゃないかと思うのよ。

僕はあぜんとした。しかし、考えてみると、なるほどユキコさんの云うとおりかもしれない。僕なんかいくら考えても、ほかにいい回答は思いつかない。植木の下じゃ、いくらさがしても見つからないだろう。

――でも、どうしてわかったんだい？

――いなくなるはずのない猫がいなくなった以上、だれかがうそをついてると思ったのよ。

――事件解決だね。さっそく、モリタさんのお母さんに……。

――ダメね、シンスケ君は。これはないしょにしとかなくちゃ。猫とお母さんには気の毒だけど、これでモリタさんも女中さんもつらい思いをしなくてすむかもしれないよ。

――ああ、そうか。

ユキコさんは茶目だと思っていたが、案外考え深いところもあるらしい。僕はすっかり感心した。

第三話　指輪

（一）

その日、僕は都合があって少し遅刻して会場についた。もうみんな集まっていた。僕を見ると、みんなくちぐちに、おそいぞ、とか、罰金よ、とか大声でわめくので僕はツンボになりそうな気がした。見まわしたところ、十六、七人はいるらしかった。みんな、なつかしい顔ばかりである。僕が席につくと、世話役のユミコさんが立ち上がって挨拶した。

――ええと……これでやっと人数もそろったので、これから始めます。どうぞ、前に並んでいるものを食べながら、ゆっくり、楽しくすごしていただきたいと思います。でも、ひとの分まで手を出さないこと……。

ここで、みんな笑った。僕も笑った。すると、ユミコさんが僕のほうを見て云った。

――一番おくれて来たシンスケさんは、あそこで笑っていますけれど、ほんとは罰金をとらなくちゃいけないと思います。

——賛成、賛成。

みんな異口同音にそう云った。僕は大いに面くらった。これでは、うっかり笑うこともできない。癪《しゃく》にさわるから、一番大きい声で「賛成ッ」と怒鳴ったアリマ君をにらみつけたら、ニヤリと笑って、

——大賛成！

と、よけいに大きな声で怒鳴った。アリマ君は小学生のころはチビで「お子さま弁当」みたいな顔をしていたくせに、何だかすっかり大きくなって、髪をきれいに分けて、背広を着てネクタイなんかしめている。こまっちゃくれた紳士みたいで、おかしかった。が、うっかり笑うとまたどんなことを云われるかわからないから、だまってにらみつけた。

ところが、ユミコさんは、

——でも罰金をとるのはかわいそうだから、シンスケさんに、一番最初に感想とか抱負を述べてもらいたいと思います。では、どうぞ……。

と云ったので、僕はすっかり驚いてしまった。どうやら僕が来るまえに、みんなで相談しておいたものらしい。僕は驚いたあまり、目の前のせんべいをとって囓った。すると、隣にいたヨシダ君が、

——君、それは僕の分だよ。君のはそっちのだよ。

と口をとがらせた。どうも、ついてないと云うものである。しかたがないから、僕は立ち上がったが、何を話せばいいのか。よくわからない。だいたい、僕はこんな会で話なんかするのは好きじゃない。しかし、見まわすと、みんなニヤニヤしながら、それでも僕が何を云い出すかと待ち構えているようすである。そのとき僕はいいことを思いついた。なぜ遅刻したのか、その理由を話してやろう。

その日、僕は道でひとりのお婆さんに会った。会って道をたずねられたのである。何でも田舎から出て来て息子の家に行くところだと云う。聞いてみると、ナカムラ君の家の近くらしいのである。そこで僕はそのお婆さんをナカムラ君のところまでつれて行って、ナカムラ君にあとを頼んで大急ぎでかけつけたというわけである。僕がそんな話をすると、みんな、急に僕を見直したらしかった。ところが、これで放免だと坐ろうとしたら、「遅刻の理由はわかったけど、抱負はまだ聞いてないわ」と云うものがいる。見ると、ユキコさんがすましていた。

——抱負なんて、ないよ。

僕はそう云って急いで坐り込んだ。

ところで、面くらってばかりいたため、この会のことをお話することを忘れていたが、実は小学校の同窓会なのである。卒業のときの同級生のなかで、有志が集まって開いた。会場は挨拶をしたユミコさんの家で、八畳と十畳の部屋の境の襖をとり払ってある。もう少しくわしく云うと、ユミコさんは病気で半年ばかり寝ていた。それが全快したので、久しぶりに小学校時代の友だちを自分の家によびたい、ということでこの会が実現したのである。ユミコさんの家は大きいから、十六、七人くらいなら楽に集めることができる。

縁側ごしに広い庭がながめられて、芝生がとてもきれいに見えるうちの狭い庭なんかにくらべると、ひろびろとしていて気持ちがいい。ひとわたり、みんなが何かしゃべった。神妙なことを云う者もあれば、ばかに偉そうなことを云う者もある。お子さま弁当のアリマ君は何を云うかと思ったら、

——僕は医者になって、いろいろの研究をしたいと思います。そのときはよろしく。

と云った。

それから、みんなでしばらく雑談した。雑談になると、やっぱり、男は男同志、女は女同志ということになる。僕らは——男は六、七人だったが——プロ野球の話をしたり、この会に来ない友人たちの噂をしたり、上級学校の話をしたりした。

（二）

急に女子のほうがさわがしくなった。

——何だろう？

ネクタイをしめたアリマ君は、早速のこと女子のほうに出かけて行った。帰って来て報告するところによると、ユミコさんがおかあさんの指輪を持って来て見せているのだという。

——何だ、指輪なんてつまんないや。

ヨシダ君が云った。僕らは指輪なんかに興味はなかった。が、話によると、それはダイヤの指輪でたいへん高価なものらしかった。何でも、ダイヤの指輪を見たことがないから、一度ぜひ見せてくれと云う人がいて、持ち出して来たものらしい。

——わあ、すてき！

——きれいね。

——きらきら光るのね。

とか、女子の連中はたいへんうるさい。僕らも冷やかし半分見に行った。が、もともときょうみはないからだれもよく見ない。僕はユミコさんに云った。

——ボオルない？

——ボオル？

——うん、野球やろうよ、二組に分かれて。

——いいわ。

これにはみんな賛成した。ユミコさんはさっそく、ゴムマリと弟のものだというこども用の小さなバットを持って来た。ゴムマリだから、小さいバットでちょうどいい。いい天気だし、芝生は気持ちがいいし、みんな威勢よくはだしになって庭にとび出した。それから、ジャンケンをして二組に分かれた。

投手は女子ということにしたので、僕の組はタナカさんというノッポの女学生が投げ、向こうの組はユキコさんが投げた。もう、ご承知のことと思うけれど、お隣のユキコさんと僕は小学校は同じなのである。ユキコさんがボオルを投げるたんびに、お下げ髪がぴょんぴょん踊る。それを見ていたら、僕は三振して、みんなに冷やかされてしまったが、そのつぎの打席のときは、ホオムランを打って名誉を挽回した。

最初は五回戦の予定だったけれども、八対八の同点なので延長線になって、けっきょく、六回目に僕の組が四点入れて終わりになった。じつを云うと、もっとやってもよかったのだけれども、僕の組のヨシダ君がフライを打ったのを、外野にいたアリマ君が背走、また背走——とアナウンサアならしゃべるところだが——して、池のなかに落ちてしまったのである。背走しすぎたのである。

幸い、浅い池だからすぐ這い出して来たけれども、何とも気の毒というほかないかっこうをしていた。きれいになでつけたはずの髪はペシャリとぬれて乱れ、せっかくの紳士の扮装も台無しといってよかった。もっとも、上着は脱いでいたから、まだよかったというものの、ポタポタ滴をたらしているネクタイ姿のアリマ君を見ると、笑うにも笑えなかった。けっきょく、このために野球は僕らの組の勝ちということでけりがついたのであるが、じつはそのあとがたいへんになった。

アリマ君は着ていたものを脱いで、ユミコさんのおとうさんのシャツとズボンを借りて着たけれど、これはダブダブすぎて、みんな笑ってしまった。そのあいだに、ユミコさんの家の親切な女中さんが、アリマ君の家に行って着替えをもらってくることになっていた。それで、僕らはもう一度、前の席について、青い顔をしたアリマ君を冷やかしながら冷たいジュウスを飲んでいると、突然、ユミコさんの頓狂な声がした。

——あら、どこへ行ったのかしら?

——なあに?

——どうしたの？

僕らはユミコさんを見た。

ユミコさんは何だかそわそわして、あちこちきょろきょろ見まわしている。

——あの指輪が……。

指輪が紛失したと聞いて僕らはびっくりした。だれだってびっくりするだろう。みんな勝手にがやがやしゃべり始めたので、何だかとてもうるさくなった。

——困ったわ、おかあさんにないしょで持って来たのに……。

ないしょでなくても困るだろう。僕はこっそりユキコさんの肩をつっついた。

——？

——みんなでがやがや云ってても始まらないよ。こういうときは名探偵が出なくちゃだめだよ。

——じゃ、シンスケ君が出なくちゃ。

——よせやい。僕の出る幕じゃないよ。

——へえ？　じゃ、あたしを名探偵だと思ってるのね？

——まあね。

——それじゃ、ふだんからもう少し尊敬してもらわなくちゃ……。でも、あたしにもさっぱりわかんないわ。

しかし、ともかくユキコさんは指輪紛失の謎を解く気になったらしい。ちょっと咳ばらいなんかして云った。

——あの、みんなで勝手に話していてもだめだから、ひとつ、みんなで考えてみない。復習してみましょうよ。

そこで、ユミコさんが指輪をもってはいって来るところから、復習することになった。ユミコさんは何だかとてもまじめくさった顔をして、部屋を出て行ったと思うと、また、泣きそうな顔をしてはいって来た。ケエスはそのままにして、指輪だけ持って来たのである。

——それで、最初に受けとった人は？

それはすぐわかった。ノッポのタナカさんである。それから、つぎつぎとみんなの手に渡る。そのとき、僕らは少しはなれたところにかたまって雑談していた。

——それから、男子のひとたちがやって来たのね？

——冷やかしに行ったんだよ。

僕らは女子のグルウプのほうに行った。が、手にとって見たものはひとりもいない。

——それで、シンスケ君が野球をしようって云い出したのね？

——うん。

それでユミコさんはボオルとバットをとりに行った。もどって来ると、みんなはだしで芝生にとび出した。では、そのとき指輪はどこにあったか、だれの手にあったか？　ところが、この肝腎なところになると、いっこうに要領を得なかった。ひとりはAが持っていたと云い、AはBに渡したと云い、BはCに渡したと云い、Cは机の上においたと云う。かと思うと、DはEがそれをとりあげたのを見たと云い出すしまつである。せっかく楽しいはずの会も、妙に気まずいものになってしまった。

——ともかく、みんな身体検査しようよ。

ヨシダ君が云いだした。

——そうね、とユキコさんが云った。しかたがないわ、指輪がなくなった以上、いちおう、ここにいたみんなが疑われてもしかたがないんですものね。そうすることにしましょう。

というわけで、男子は男子同志、女子は女子同志で身体検査をした。洋服から持物までていねいに調べた。が、だれのからだにもなかった。だれの持物にもはいっていなかった。これはどういうことだろう？　そのとき、女中さんがはいって来た。アリマ君の着がえを持って来たのである。ユキコさんは女中に、庭でみんなが野球をやっていたとき、座敷にははいらなかったか、とたずねた。女中さんははいらなかったと云った。

——どうしたんですか？

——いいえ、何でもないの。

ユミコさんは首をひねった。アリマ君は女中さんの持って来た着がえを着るために別の部屋に行った。

——そうだ、忘れてた。アリマ君の服は調べてなかったよ。

と、ひとりが云った。僕もついうっかりして忘れていた。ユキコさんは笑った。

——それは男子の責任よ。でも上着はあるけど、ぬれたシャツやズボンはもうここにはないんでしょう?

そのとおりである。ユミコさんの家の女中さんがビニイルの風呂敷につつんで、アリマ君の家にとどけてしまっていた。池に落ちてぬれねずみになったうえに、疑われては気の毒だけれども、みんな調べたからには、アリマ君も例外であってはならない。

というわけで、着がえをすませて現われたアリマ君にその話をすると、アリマ君は元気のない顔で、うちに電話して女中に調べてもらうといいと云った。

僕はアリマ君の家に電話をかけた。アリマ君にはおかあさんがいない。女中さんが出たので、ぬれたシャツかズボンのなかに指輪はないかとたずねた。何だか、そうはっきりきくのは悪い気がしたけれどもしかたがない。だから、女中さんが何も見当たらないと云ったときは、僕もほっとした。むろん、ぬれていない上着にもはいっていなかった。

そうなると、その会に出た人はだれひとりとして指輪紛失に関係ないことになる。しかし、指輪は見当たらない。いったいどこに行ってしまったのか？　むろん、僕らは部屋中さがした。芝生の上も見た。ごていねいにサンドイッチの間まで調べた。が、どこにもなかった。ユミコさんは泣きそうな顔をして、困ったわ、でもしかたがないわ、とくり返していた。まったく、しかたがないわ、である。僕らとしても、それ以上何もできない。僕らは何だかあと味の悪い気持ちを抱いて、散会した。

——ユキコさん、いっしょに帰ろう。

——ちょっと、あたしユミコさんに話があるの。先に帰っていいわ。

ユキコさんが云うので、僕はひとりで先に帰った。帰ってからもいっしょうけんめい頭をひねったけれども、さっぱりわからない。指輪だから、ほしくなるのは女子だろう。が、身体検査に手抜かりがあったとは思えない。部屋にも庭にもなかった。なるほど、指輪は小さい。が、十六、七人の人間の目にダイヤの光がはいらぬはずはない。

（三）

二時間ばかりしたら、ユキコさんが僕のところにやって来た。

――指輪見つかったわよ。

と、笑っているので、僕はあっけにとられた。

――ほんとかい？　どこにあった？

――だれにも云わない？

――だれにも云わないよ。そんなにもったいぶるなよ。

――どうも、シンスケ君は少しばかり軽率なところがあるからなあ。

――ちぇっ、早く教えてくれよ。

――じゃ、云うわ。秘密よ。池のなか。

――何だって、池のなか？　じゃ犯人は……。

と云いかけて僕はあわてて口をつぐんだ。そんなはずはない、と思ったのである。池のなか、と云ったので、すぐ池に落ちたアリマ君を連想して、アリマ君を犯人と思いそうになったのだが、じつを云うと、何もわからなかった。それにアリマ君が指輪をとるなどとは思えない。

しかし、ユキコさんはすまして云った。

――そうよ、アリマ君よ。

――ほんとかい？

——そうとしか思えないわ。でも、見てたんじゃないから、はっきり断定はできないけど、アリマ君だろうと思うのよ。

——そうかなあ？

——だって、ちゃんと池のなかにあったんですもの。植木屋さん呼んで来て池をさらったら出て来たのよ。

なぜ、ユキコさんが池に注目したか？　ユキコさんはだれも指輪をもってない以上、また部屋にも庭にもない以上、しかも指輪が紛失した以上、どこかにからくりがあると思ったらしい。そのとき、ユキコさんの頭にひらめいたのは、ヨシダ君のフライを追って池に落ちたアリマ君の姿である。

——あのフライは、あんなにバックしなくたってよかったのよ。池よりずっと手前に落ちたんですもの。それなのに、アリマ君はやたらにバックしてわざと池に落ちたみたいに思えてきたの。なぜかしら？　ぬれたものを自分の家に運ばせるためじゃないかしら？　そのなかに何かはいってるからじゃないかしら？　そう思ったら、わかった気がしたのよ。

ところがあいにくなことに、指輪はシャツのポケットにでも入れておいたらしくて、池に落ちたときに、ポケットから滑り落ちたというわけである。

アリマ君もそれに気づいた。すっかりよわったらしい。もし、うまく行っていたら、先に電話しておいて、問い合わせの電話があったらうまく答えろ、と女中さんに口止めするつもりだったかもしれない。

アリマ君があのとき、青い顔をしていたのは、池に落ちてしょんぼりしていたためばかりではないらしい。せっかくの指輪を池のなかに落としてしまって、がっかりしていたのかもしれないのである。そうだ、そうだったのだ。

——驚いたなあ。

——これは、ないしょよ。

——もちろん、だれにも云わないよ。でも、あのおとなしいアリマ君がね……。せっかく、ネクタイなんかしめてたのに。

——あのひと、気の毒ね、おかあさんがなくて……。

アリマ君が、なぜ指輪をとる気になったのか、よくわからない。魔がさしたというのかもしれない。そうだろうと僕は思っている。あるいは、ユミコさんの「おかあさん」の指輪というので、ふと、とる気になったのかもしれない。

——じゃ、あばよ。ちゃんと予習・復習をして、宿題も忘れちゃだめですよ。

ぼくはまた頭にカチンときたので、

——こいつ……。

とどなったときは、ユキコさんはもう見えなかった。

第四話　逃げたドロボウ

（一）

空は青く晴れて、白い雲が流れて行く。空行く白雲は海に浮かぶ白帆のようだ、というのは、ユキコさんの説によると、詩のほうで「直喩」とかいうのだそうだ。しかし、僕にはそんなことはどうもめんどうくさい。休憩時間に校庭に出たら、晴れた空に雲が浮いていて気持ちがよい。校庭の隅の大きな銀杏《いちょう》も青青と葉を茂らせて、風に葉をゆらせている。白い雲を見ながら、ユキコさんのことを思い出していたら、いきなり、どんと背中をたたかれた。

――おい。

ふり返ると、ナカムラ君がニヤニヤしていた。

――驚かすない。

――驚かしたわけじゃないよ。親愛の情を示したんだ。

——乱暴な示し方だな。

そう云って、僕はナカムラ君といっしょにヨシダ君がいるのはなぜだろうと思った。ヨシダ君は僕らと違うクラスの生徒である。僕は顔と名まえは知っているが、話をしたことは一度もない。

——ヨシダ君、知ってるだろう？

——うん。

と、僕はうなずいた。

——君に頼みがあるんだそうだ。

——頼み？

——ええ。

とヨシダ君が云った。僕は面くらった。一度も話をしたことのないヨシダ君が、僕に頼みがあるというのは、何とも合点が行かなかった。すると、ナカムラ君が笑って云った。

——ほんとうは、君じゃなくて、ユキコさんに頼みがあるんだけど、君から話してもらうと便利だから、君に頼むんだ。

——なあんだ。でも……。

ユキコさんに頼みというのは何だろう？　しかし、ナカムラ君の説明を聞いて、すぐわかった。つまり、妙な事件が起こったのでユキコさんに解決してもらいたいというのである。事件というのは、ヨシダ君の家で起こったのだが、何とも見当がつかない。

——ヨシダ君の家は、僕の家の近くなんだ。

と、ナカムラ君が云った。もっとも、ナカムラ君の家はアパアトだが、ヨシダ君の家はアパアトではない。アパアトの近くにある家らしい。今朝、学校へ来るときいっしょになって、ナカムラ君はヨシダ君から事件の話を聞いた。そこで、例の時計紛失事件でユキコさんの名探偵ぶりを知っているナカムラ君が、ヨシダ君にユキコさんに頼んでみたらいいだろう。それにはまず僕に口をきいてもらうのがいいだろう、とすすめたのである。

——そういうわけなんだ。

——ふうん、しかし、僕だってまんざら捨てたもんでもないよ。僕に解決できるかもしれないぜ。

——君がね……。

ナカムラ君が、がっかりしたような顔をしたのは、僕にはたいへんおもしろくなかった。しかし、休憩時間は短いので、僕がヨシダ君から話を聞いたのは、昼休みのときである。例によって、銀杏の木の下のベンチに坐って聞いたのである。

——じつは、うちにドロボウがはいったんです。

と、ヨシダ君が云った。ヨシダ君は肥ったナカムラ君とやせた僕と、たして二で割ったくらいのからだつきをしていて、色が白くて、とてもおとなしそうな生徒である。そして、話し方もあまり上手ではないので、ときどき、ナカムラ君が助太刀を出した。

——ドロボウがはいったんだ。

——いつ？

——きのうの午後です。

ヨシダ君の話をまとめると、次のようなことになる。きのうの午後、ヨシダ君は少し具合が悪くて早退した。ヨシダ君が早退したので、ヨシダ君のおかあさんは、ヨシダ君に留守番を頼んで女中さんをつれて買物に出かけた。むろん、ヨシダ君が早退しなければ、おかあさんひとりで出かけて、女中さんが留守番するはずだったのである。ヨシダくんは——見たところ、じょうぶそうではないが——二階の自分の部屋のベッドにはいって休んでいた。そのうちに、少しばかり眠ったらしい。

——？

ふと、ヨシダ君は目をさました。階下で、人の気配がする。ヨシダ君はおかあさんがもどったのかと思った。が、時計を見ると、それにしては早すぎる。それから、書生のワダさんが帰ったのだろう、と思って、

——ワダさんかい？

と、大きな声で呼んでみた。ところが、返事がなかった。変だな、と思っていると、突然台所の戸が開く音がした。もっとも、ばかに静まり返っていたから、聞えたのだ。ふだんなら二階のヨシダ君には聞えなかったかもしれない。ヨシダ君はあまり勇気がない。しかし、ともかく怪しいのでベッドから出て、階下へ降りてみた。それから、台所のほうへ廊下を歩いて行った。ちょうど台所まで行ったとき、裏木戸からワダさんが勝手口に歩いて来る姿が目にはいった。ワダさんは鞄を持っていて、ヨシダ君を見ると、

——坊っちゃん、ただいま。

と云った。

——どうしたんですか、戸をみんなあけっ放しにして……。

——だれか会わなかった？

——ええ、だれかこの家から出て来たみたいだったけど、あれ、だれですか？

ヨシダ君は何だかからだが震えるような気がした。

——ワダさん、見たの？

——ええ、僕はあっちから歩いて来たんだけど、そのひとは逆のほうに急いで行きましたがね。

それから、ふたりでこれはたいへんなことになったと思った。他人の家に無断ではいり込んでいたのだから、ドロボウだろう。しかし、おとうさんもおかあさんも留守だから、何を盗られたかわからない。ふたりであちこち見まわったけれども、別に荒らされたようすはない。ふたりとも警察へ届けたものかどうか考えた。すぐ届ければよかったのである。しかし、おかあさんが帰ってからにしようということになった。

（二）

買物から帰ったヨシダ君のおかあさんは、むろん、びっくり仰天した。さっそく、盗まれたものはないか、と調べた。が、そのドロボウは何も盗んでいなかった。しかし、いちおう警察に届けようということになった。ところが、ヨシダ君のおとうさんが、何も盗まれていないのなら、届けることもあるまい、と云った。けっきょくヨシダ君が大声を出したので、ドロボウは不意を打たれて驚いて逃げ出したのだろう、ということに話は落ちついたのである。

僕らは授業が終わってから、もう一度ベンチにすわって頭をひねった。

——やっぱり、警察に届けなくちゃいけないだろう。

と、僕は云った。

——僕もそう思うんだ。

と、ナカムラ君も云った。

ところで、ワダさんというのは、ヨシダ君の田舎の親戚の息子で、ことしの四月から大学に行くため上京してヨシダ君の家にいるらしい。ヨシダ君の家で学資も出してもらっているらしい。ドロボウのただひとりの目撃者はこのワダさんである。

云いおくれたけれども、ワダさんが見た男というのは、背の低いやせた男で、色が黒い。汚い鳥打帽をかぶっていて、灰色のよれよれの上衣に黒いズボンをはいていて、ゲタをつっかけていた、というのである。

——ドロボウに違いないんだろうけど、何もとられていないのは変だな。

ナカムラ君が云った。

——きっと、これから仕事というときに、うまいぐあいにヨシダ君が大声を出したのさ。

と、僕は云った。しかし、正直のところ僕にはこの事件は事件とも見えなかった。ドロボウにはいった男がいる。が、何もとられていない。そして、ドロボウは逃げてしまった。どうも、あまりにもあっけなくて頭のひねりようがない。ユキコさんだって、こんな話じゃ僕と同じようにつかみどころがなくて困るだろう。

しかし、家に帰ってからユキコさんのところへ行ってこの話をしたら、ユキコさんは考え深そうな顔をした。

——ヨシダさんのおうち、勝手口はあいてたのね？

——うん。玄関は鍵がかかっていたけど、勝手口は鍵をかけてなかったらしいよ。

——ヨシダさんがお台所に行ったときは、お台所の戸も、外の木戸もあいていたのね？

——うん、そうらしいよ。急いで逃げたんだろう。

——でも、そのドロボウはどうしてヨシダさんの家にはいったのかしら？　昼間だっていうのは……。

——そりゃ、留守だと思ったからさ。

——もう一度、そのドロボウの特徴を云ってみてくれない？

僕は手帳を開いて、ヨシダ君に聞いて書きとめておいたところを読んだ。

背は低くてやせている。色が黒い。

汚い鳥打帽。色は茶色。

灰色のよれよれの上衣。黒いズボン。すれて光っている。

ゲタばき。古ゲタでぺちゃんこ。

僕が読むのを、ユキコさんはだまって聞いていた。それから、ふうんと、鼻を鳴らした。

——でも、少し変だと思わない？

——変だって？

——何だか変よ。

——どこが変なんだい？

僕は手帳を読み直した。が、何が変なのかさっぱりわからない。

——変だと思わなきゃ、それでいいのよ。見解の相違ね。

と、ユキコさんは偉そうな顔をした。

——ともかく、そのドロボウが怪しいね。

——そりゃ怪しいやつに決まってるよ。

しかし、怪しいといったところで、広い東京中、この特徴に符合する人間をさがして歩くのはたいへんである。これが殺人犯とか何かなら、ワダさんの見た男の特徴も警察では大いにありがたがるだろう。が、コソドロでは、警察に届けたところであまり効果はないかもしれない。

——でも、あたし、その男がどうも怪しい気がするんだ。ね、あたし、ワダさんっていう人にいっぺん会って話を聞きたいわ。

僕はめんくらった。話を聞きたい、というのはユキコさんの勝手だけれども、聞いたところで、別にたいしたこともないような気がする。

しかし、ユキコさんはどうしても話を聞きたいというので、僕は承知した。

その結果、翌日の午後おそく、ユキコさんは一軒のフルウツ・パアラアでワダさんに会った。ユキコさんの希望で、ユキコさんとワダさんとふたりだけ別のテエブルにすわり、僕とナカムラ君とヨシダ君は、そこからだいぶ離れたテエブルにすわった。僕たちはアイス・クリイムをなめながら、向こうのふたりを見た。ふたりは何だか熱心に話しあっている。

ワダさんは学生服を着て、背の高い、色の白いひとである。秀才みたいな顔をしている。

——ユキコさんはどうしてワダさんと話したい気になったんだろう？　こんなつまんない事件に、何か興味があるのかな？

ナカムラくんが云った。そんなこと云うナカムラ君が、だいたい、この事件をユキコさんに解決してもらおうと云いだした張本人だから、妙なことだと思う。

——だいたい、ドロボウの人相がわかったって、今さらどうしようもないだろう？

——ワダさんは推理小説が好きらしいんです。だから、そんな話でもしてるんじゃないかな？

と、ヨシダ君が云った。

（三）

ざっと一時間ばかりたったころ、ユキコさんが僕らのテエブルにやって来た。

——もうすんだわ。さあ、シンスケ君、帰らない？

見ると、ワダさんは、ひとりテエブルにすわって何か考えこんでいるようすである。

——どうでした？

と、ヨシダ君が遠慮深そうにたずねた。

——やっぱり、私にもわかんないわ。

——なあんだ。

と、ナカムラ君ががっかりした。

僕はナカムラ君とヨシダ君を残して——というのは帰る方角が違うからだが——ユキコさんといっしょにその店を出た。

——ほねおり損のくたびれもうけっていうやつだったね。

——さあ……。どうかしら？

——へえ？　じゃあ何かわかったのかい？

——わかったわ。

僕はびっくりして、思わず立ちどまりそうになった。

——わかったって？　だって、さっきは……。

——さっきは、そう云えなかったのよ。でもシンスケ君だけには教えてやろうかな？　だけど、ナカムラさんにもヨシダさんにも云っちゃだめよ。約束する？

——約束するとも。それで何がわかったんだい？

——犯人がわかったのよ。

僕はあっけにとられて、ユキコさんの顔を見た。そして、その犯人がワダさんだと聞いて、ますますあっけにとられた。

——いいこと、いっしょに考えてみましょうか。まず第一に、その日はヨシダさんのおうちがふだんと違っていたのよ。

——どうして？

——だって、ヨシダさんが早引けして家に帰っていたでしょう？　ふだんなら、いないはずなのに。それで、ヨシダさんのおかあさんが女中さんといっしょに買物に出かけたんでしょう？　ふだんなら、女中さんかおかあさんが家にいるはずなのよ。そこへ、ワダさんが帰って来たっていうわけ。ワダさんはヨシダさんが早引けしたことを知らないから、むろん、二階で寝ているなんて夢にも思わないわ。おかあさんも女中さんもいない。そのとき、ワダさんはひょっと妙な気持ちになっちゃったのね。

——ワダさんがそう云ったのかい？

——どうして、あんな気持ちになったのかわからないって云ってたわ。そしてたんすのひきだしをあけて、何かとったのよ。

——でも、何もとられていないっていう話だよ。

——まあ、あわてないでよ。どうもシンスケ君はそそっかしくていけないわ。つまり、とったけれども、そのとき、二階でヨシダさんの声がしたんで驚いたのよ。きっと、ひどくびっくりしただろうと思うんだ。とったものをもとにもどして知らん顔していればそれですんだのよ。だけど、あの人、よっぽどあわてたらしくて、よけいなことを考えたのよ。ドロボウがはいったらしく見せかけることね。

——へえ、そうかなあ？

——それで、急いで鞄をかかえてとび出して、少し行ってから、今度は何食わぬ顔で引き返して来たっていうわけよ。

——めんどうくさいことしたもんだね。

——ほんと。でも、あの人推理小説が好きだっていうから、そんなこと考えついたのね。もしかしたら、初めから犯人の特徴を考えてやったのかもしれないわね。引き返して来て家のなかの様子を見まわったとき、ヨシダさんに気づかれないようにたんすのひきだしに盗んだものをもどしたのよ。やっぱり、こわくなったんでしょう。

——驚いたなあ。でも、どうしてそんなことがわかったの？

——ワダさんが白状したんですもの。

——しかし、よく白状したね。

——いいこと。最初、シンスケ君の話聞いたとき、あたし、変だなって云ったでしょう？ドロボウが怪しいって云ったでしょう？

——うん。

——あたしが怪しいって云ったのは、そんなドロボウがほんとうにいるかどうか怪しいっていう意味だったのよ。

——よくわかんないな。なぜだい？

——だって、ワダさんはそのドロボウのことを、観察しすぎていたからよ。逆の方向に大急ぎで歩いて行く人間を、離れたところから見て、あれだけ細かい観察ができるかしら？だれだって、自分に直接関係のない、ちょっと見かけた人間のことは、そんなによく見ていないものよ。ゲタがぺちゃんこだったとか、鳥打帽が茶色で汚れていたとか……。あんまり特徴がはっきりしすぎているということは、逆にそんな人間は存在しないっていうことにならなくて？

——驚いたなあ。

——でも、あたしも少しトリックを使ったわ。なぜ、きょうシンスケ君にそんなかっこうして来てくれって云ったかわかる？

僕はユキコさんに云われるまま、緑と青と赤のチェックのシャツに、青いズボンをはいていた。が、僕はなぜユキコさんがそう云ったのか、わからなかった。フルウツ・パアラアでヨシダ君が僕をワダさんに紹介した。むろん、ワダさんは僕を見た。が、ユキコさんの話だと、そのあとでワダさんはユキコさんに僕の人相とか服装について満足な説明ができなかったというのである。しかも、そのために、僕らをわざわざワダさんの視界からはずれる位置にすわらせたというから、ユキコさんも相当なものである。

——でも、満足な説明ができなかったんで、あたしは、はっきり自分の考えに自信がもてたわけよ。

僕はすっかり感心してしまった。どうも、ユキコさんと僕とでは頭の構造が違うかもしれない。同じ話を聞いてユキコさんは変だと思い、僕はちっとも変だと思わなかった。僕に名探偵になる資格はないらしい。

——で、ワダさん、何か云ってた?

——とっても後悔してたわ。あたし、みんなないしょにしとくって約束したの。だって、あの人大学やめなくちゃならなくなるんですもの……。

第五話　表札

（一）

最近、うちの近所で妙な事件がつづいて起こったことがある。実をいえば、事件とはいえないかもしれない。また、一度か二度ですめば、だれもほかの人は気づかずにすんだかもしれない。ところが、あまりひんぴんとつづいたので、近所の話題になり、問題になったのである。

事件というのは、表札が盗まれたのである。なあんだ、つまんない、というかもしれないが、最初は僕もそう思った。しかし、うちの表札が盗まれたので、僕はたいへん腹がたった。真剣に犯人をつきとめようという気になった。もっとも、うちの表札は、父の話だと安物だそうである。

話に聞くと、入学試験が始まるころになると、表札ドロボウがふえるらしい。つまり、受験生の間に奇妙なジンクスがあって、こっそり表札を失敬すると、合格疑いなし、ということになるらしい。僕はそんなことは、ちっとも考えない。試みにデブのナカムラ君にきいてみたら、

——そんなのバカバカしくて。

と、問題にしなかった。

——でも、そんなジンクスがあるらしいよ。

——そりゃ、苦しいときの神頼みっていうやつだよ。溺れる者は藁をもつかむっていうだろう？　これ、英語で何ていうか知ってるかい？

急にナカムラ君は、話を変な方向に進展させたので僕は面くらった。あいにく、そんな知識は持ち合わせてないから、よけい面くらったのである。

——知らないだろう、教えてやろうか？

——いいよ、教えてもらいたくないな。

——いや、教えてやるよ。

僕がせっかく辞退したのに、ナカムラ君は偉そうな顔をして教えてくれた。が、教えてくれたあとで、じつは昨日、偶然覚えたばかりなので、だれかに教えたくてたまらなかったところだと白状した。そして、愉快そうに笑った。ナカムラ君も、案外人がいい。だから、僕

と仲がいいのである。

そこで僕は、ユキコさんと表札ドロボウの話をしたとき、さっそくナカムラ君から仕入れた新知識をじまんすることにした。

——受験生が表札をとると、合格するっていうジンクスがあるらしいんだ、知ってるかい？

——聞いたことあるわ。でも、つまんないジンクスね。

——つまり溺れる者は藁をもつかむっていうだろう？　それだよ。

——あら、そうかしら？　それは何だか変ね、意味が違うんじゃないかしら？

——何だって？

僕は大いに狼狽した。

——つまりね……。

とユキコさんは説明してくれたが、それは長くなるから、ここでは残念ながら紹介するのは見合わせよう。が、妙なことに、ユキコさんの説明を聞いていたら、どうも意味が違うような気がしてきたからふしぎである。おまけにユキコさんは、

——溺れる者は藁をもつかむって、英語で何ていうか知ってる？

といって、僕がポカンとしているまに、たちまちきれいな発音ですらすらと云った。こん

なはずではなかった、と僕はたいへんおもしろくなかった。が、どうもしかたがない。英語で何と云うか、ここに書いてもいいけれども、どうもしゃくにさわるから、わざと書かない。ものずきな人は辞書をのぞいて見るといい。

（二）

ところで、表札ドロボウの話だが、父の話だと受験生ばかりに罪があるわけではない。酔っぱらいで、表札をとる「趣味」のある者もいるらしい。父の話だと、父がまだ大学生のころ、同級生にお酒の好きな友だちがいて、酔うと、知らない家の表札をとろうとするので、とめるのに一苦労したそうである。一度は石の門柱にはめこんである表札をとろうとして、爪をはがしてしまったこともあったと云う。

——表札をとって、どうするの？

——どうもしないさ。とるのがおもしろいんだからね。とった表札をポケットにいくつも入れて、うちへ帰ると押入れに入れておくんだ。一度そいつの下宿に遊びに行ったら、押入れにいっぱい積んであって、そいつも処分に困っていたらしく、よわったような顔をしていたよ。

——じゃ、とらなきゃいいのに。

——そうはいかないんだ。酔っぱらうと、つい日ごろの趣味で、とる気になるらしい。

父は趣味という。が、僕にはどうも趣味とは思えない。むりに趣味といえば、たいへんな悪趣味だと思う。

——お父さんは、やらなかった？

——うん、一度やったことがある。まあ、友だちづきあいというやつでね。

僕はすこしあきれて父の顔を見た。

——その表札はどうしたの？

——うん、川に流したよ。

父はすましてそういった。

ところで、うちの近所で最初に表札をとられたのは、アキタさんの家である。アキタさんは、かなり有名な日本画家で、その表札は僕も見たことがある。上等かどうか、僕にはさっぱりわからないが、木の表札にアキタさんが自分で書いたらしい姓名が墨で書いてあった。なんでも、だいぶまえにも何度か表札をとられたことがあって、その後しばらくは名刺を表札がわりに貼りつけておいた。それから、また表札をかけたら、三か月目に盗まれたのである。

しかし、アキタさんの家で表札をとられたことは、しばらくわからなかった。アキタさんの家でも、そんなことはわざわざ吹聴しない。それがわかったのは、近所で五、六軒表札が盗まれてからである。それから、順順に調べたら、アキタさんの家がいちばん最初にとられたとわかったのである。

二番目にとられたのは、アキタさんの家から四、五軒離れたカトウさんの家である。カトウさんはどこかの役所に勤めている人で、別に有名でも何でもない。アキタさんの表札をとるなら、有名人だから、という理由もつくが、カトウさんの場合は理由がない。つまり、悪趣味のやつの仕業としてしか考えられない。

三番目にとられたのは——と書いて行くのもめんどうだから省略して、僕のつくったリストをお目にかけることにしよう。

1、アキタさん—日本画家　2、カトウさん—役人　3、カワバタさん—会社員　4、サカキバラさん—会社員　5、サトウさん—教員　6、シミズさん—放送局勤務　7、X氏？—会社員

X氏、というのはほかでもない。僕の家である。つまり、うちの表札は七番目に盗まれたのである。その少しまえから近所では、表札がよくなくなるということが話題になっていた。六軒もつづいてとられれば、しぜんと問題にならないはずがない。なかには、とられたくせ

に、

——うちも有名人なみになりました。

なんて云う妙な人もいたらしい。

僕はとられる前から、父に表札をとられるかもしれないから気をつけたほうがいい、と注意した。しかし、父は平気な顔をしていた。

——どうせ安物だし、うちの表札をとったところでしょうがないだろう。

そう云っていた矢先にとられたのである。

そのころ、僕は朝起きるとすぐ門のところへ行って表札が健在かどうか見る癖がついていた。その朝も、寝ぼけ眼で出てみたら、表札がない。門柱の表札の跡のところだけ、木の色が新しい。僕は家へかけこむと、父に表札がとられたことを教えてやった。

——へえ、うちのまでとったかね。

父は別に驚いたようすもなかった。正直のところ、僕はそのとき、父が犯人じゃないかと疑ったほどである。何しろ、友だちづきあいか何か知らないが、ともかく、昔一度とったことがある。前科一犯というやつだろう。

それでも、父は門のところへ行って、

——なるほど、とられたな。いったい、だれだろう、こんなことをするやつは？

と、ふしぎそうな顔をした。

——まさか、お父さんじゃないでしょうね?

——おいおい、冗談いっちゃいかん。

父は驚いたらしかった。

それまでは、僕も表札ドロボウのことはあまり気にしていなかった。いや、気にしていないことはなかったけれども、真剣に考えてみたことはなかった。しかし、うちの表札がとられたので、ひとつ、犯人をつきとめてやろうという気になった。そこで、話を聞いて先刻紹介したリストを作りあげたのである。

そればかりではない。僕は表札をとられた家を一軒一軒まわってみた。とられた家はどこも、門が木でできているか、直接玄関際に表札を出していた家で、コンクリイトの門や、簡単にはがせない石の表札はとられていない。これから判断すると、犯人は別にこの家という目標があってとるのではなくて、簡単にはずせるやつを狙ってとっていることになる。

僕はユキコさんに相談しようかと思った。事実、ユキコさんも僕の家の表札がとられたときは、何だか興味がありそうな顔をしていた。

（三）

——シンスケ君のところも、とうとうやられたわね。

——うん、僕は犯人をつきとめようと思うんだ。

——へえ、シンスケ君が？

——悪かったね、僕で。

——あたしも犯人には興味があるんだ。でも、シンスケ君にまかせるわ。

そういわれた手前、僕はユキコさんの力を借りないで犯人をつかまえてやろうと思った。たまには、僕だって相当の腕まえがあるということを見せてやらねばならない。

しかし、僕はナカムラ君には相談した。ナカムラ君もこの事件に興味をもった。ナカムラ君は僕より心臓が強くて、表札をとられた家にのこのこはいって行って、

——お宅の表札、どんなのでした？

なんてきくので、きかれた家のひとはとても面くらっていた。おまけに、ナカムラ君は、その表札の寸法とか、どんな字体で名まえが書いてあったかとか、どういうぐあいにかけてあったかとか質問するので、きかれたほうのひとはあきれて笑い出したりした。

――あんたたち、なあに？　探偵さん？

――まあ、そんなところです。

ナカムラ君は平気でそういって、僕のほうを向いて舌を出した。それから、ナカムラ君は自分の手帳に、とられた表札の寸法とか、字体とか書きこんで頭をひねっていたけれども、僕にはそんなことはどうでもいいことのように思われた。

――そんなのわかったって、表札ドロボウを見つける手がかりにはならないぜ。

――いやいや、名探偵というのは、どんなつまんないことも見落とさないもんだよ。

――そうかなあ。

――そうだとも。シャアロック＝ホオムズだってそうだよ。

ところが、あいにくなことに、このシャアロック＝ホオムズには犯人の見当がぜんぜんつかなかった。そういう僕にもつかなかった。が、僕たちにわかったことは、一、簡単にはずせる表札だけとられていること、二、いずれも夜のあいだにとられたこと、三、僕の家を入れて七軒とも、だいたい同じ道にそっていること、四、とられたのはこの一か月半ばかりのあいだに、だいたい一週間おきであること、ざっと以上のことである。

それを手帳に書いて、僕らは首をひねった。

――これだけじゃわかんないな。

――しかし、犯人はきっとこの近所のひとだよ。

――それはどうもそうらしいね。でも、だれだろう？

そのとき、僕は父から聞いた酔っぱらいの話を思いだした。近所で酔っぱらいというとだれだろう？　しかし、それは僕にはわからない。そのとき、僕はうまいことを思いついた。うちの少し先に、タバタさんという家がある。タバタさんは三十いくつの気さくなひとで、奥さんとふたり暮しである。どこかの会社に勤めていて、碁が好きで、よくうちに来て父と碁を打つことがある。

僕とナカムラ君は、駅から歩いて来る同じ道にそって順順に表札がとられているからには、犯人は僕の家より先に住んでいる人だろうと見当をつけたのである。わざわざ自分の家より先に行って、表札をとって引き返すというのはめんどうくさくてやらないだろう。だから、うちより先に住んでいるタバタさんに、その近くに酔っぱらいはいないかときいてみようと思ったのである。

うまいことに、その翌朝、僕は学校へ行こうとして道でタバタさんに会った。タバタさんは会社に行くところで、僕を見ると笑って、「よう」と云った。ちょうどそのとき、ユキコさんも姿を見せた。それで三人そろって、駅まで歩くことになった。ユキコさんとふたりだけで駅まで歩くのは恰好が悪いけれど、タバタさんがいっしょだから何ともない。

僕は簡単に表札ドロボウの話をして、いままで調査した結果をタバタさんに教えた。ユキコさんがいっしょにいるので、わざと偉そうに話した。

——へえ、驚いたなあ、そんな話、ちっとも知らなかった。表札をね。ものずきもいるもんだな。しかし、酔っぱらいなんて、知らないな。うちの近所にはいないよ。

——だれかいませんか？　とりそうな人？

——そんなこときくなんて、心細い探偵だな。

と、タバタさんがいったら、ユキコさんがクスリと笑ったので、僕は何だか、恥をかかされたような気がして黙ってしまった。それから、僕らは表札の話はやめて、とりとめない話をしながら歩いた。アキタさんの家の前を通るとき、タバタさんは、

——この家もやられたんだな。名刺が貼ってある。

といった。が、僕はユキコさんがいるから、表札の話はくり返したくなかった。

学校に行ってナカムラ君に、タバタさんの話をしたら、ナカムラ君も、だめか、みこみがないなと悲観していた。

（四）

ところが驚いたことに、そのタバタさんの家の表札が盗まれたのである。その翌日は日曜日だったが、タバタさんがうちに碁を打ちに来て、父にそう話したのである。

――とうとう、うちもやられました。

――お宅もですか？　へえ……。

――きのう、お宅のシンスケ君に話を聞いて、ビックリしていたら、その夜やられたんですからね、驚きました。

むろん、僕もビックリした。すると、ユキコさんが庭のほうに来て、僕を手招きした。

――何だい？

――どう、名探偵、少しはわかって？

――よけいなおせわだよ。着着進行中だよ。

――そう、じゃ、教えなくてもいいわね？

――何だって？　そりゃ参考になることは何でも聞くよ。シャアロック＝ホオムズはそうしたんだ。

――へえ、けちなシャアロック＝ホオムズなの。まあ、いいわ。だれかお客さん？

――タバタさんさ。ゆうべ、あのひとのところも、表札をとられたんだって。それを聞くと、ユキコさんはニッコリした。

――やっぱりね。あたし、けさタバタさんのところへ見に行ったら、とられてたわ。

――見に行ったって？　なぜ？

――だから、シンスケ君はダメなのよ。きのう、シンスケ君は表札ドロボウの話をタバタさんにしたけど、とられた家の名まえはいわなかったわ。

――そうだったかな？

――そうよ。だから、タバタさんはどの家がとられたか知らないはずでしょう？　そんな話初めて聞いた顔してたじゃないの？

――うん。

――それなのに、なぜ、アキタさんの家の前を通るとき、この家もやられたんだな。名刺が貼ってある、なんていえるの？

――だって、表札がなければ……。

――表札がわりに名刺を貼っておく家だってあるわ。とられたとは限らないわ。アキタさんのところだって、とられる前はずっと名刺が貼ってあったっていうじゃないの。それを、やられた、っていうのは、怪しいんじゃないかな。それで、シンスケ君が変な調査とか何とか云うんで、タバタさんがもし怪しいとすると、それをカムフラアジュするために、自分のところの表札もはずしちゃうんじゃないかしら？

——へえ、あきれたね。そうかもしれない。だけど、どうして。

——カンよ。怪しいと思ったから念のため、けさ行ってみたの。そしたら、表札がないでしょう？　それで、どうもタバタさんが臭いなって思ったの。それにしても、きのうのきょうなんて、タバタさんも人がいいわね。それとも名探偵を見くびったのかな？

——バカにすんない。

——でも、同じ道筋だから、シンスケ君の家より先に犯人がいるって思ったのは、お手柄よ、それをタバタさんに話したから、タバタさんもあわてたのよ。これは怪我の功名っていうところかな。

——もういいよ。わかったよ。

どうも、またしてもユキコさんに先を越されてしまって、残念無念である。事実はユキコさんの推理どおり、タバタさんが犯人だった。僕とユキコさんがタバタさんを問い詰めたら、タバタさんは、

——ごめん、ごめん、どうも酔っぱらうと昔の癖が出てね。でも、アキタさんの表札の字

はなかなかいいんだぜ。それがほしかったから、ちょうだいしたんだが、あとのやつは惰性というのかな。

と云った。つまり、うちの表札も惰性で何となくはずしたらしい。よくうちにくるのに、平気でとったんだから、あきれてしまう。

僕とユキコさんとナカムラ君は、このことは秘密にしてやるから、とタバタさんをおどかして、うまい料理をごちそうになった。タバタさんは、しきりにユキコさんをにらんでいたが、それでもたいへんきげんがよかった。のんきなひとだと思った。

Ⅲ

窓の少女

若い友人のナカが遊びに来た。

——どうだったい、夏は？　面白かったかい？

——ええ、まあ……。

ナカは笑った。それから、胸のポケットから一枚の写真を出して見せた。尤も、定期入れか何かのなかから、さも大事そうにとり出したのである。受けとって見ると一人の少女の写真であった。色は判らないが、粗い縞の服を着て、窓辺に坐っている上半身が写っていた。手に、これもよく判らないが何か花を持っていた。年のころは、十六、七かもしれぬ。

——なかなか美人だね。

——そりゃ、そうですとも。

ナカは得意らしかった。ただ、些か僕の不思議に思ったのは、その少女の表情であった。それは、写真を撮られることを意識している表情ではなかった。が、ちゃんとレンズの方を向いているから、撮られることは知っている筈である。にも拘わらず、それはレンズを通して何かその背後を見ているような——つまり、何か放心したような、全く別のことを考えているような表情と云った方がよかった。

僕は何も云わなかった。黙って写真をナカに返した。黙っていれば、ナカの方から喋り出す筈だと判っているのである。

——どうですか、御感想は？

——うん。

ナカはもう一度、自分でその写真を眺めてから大事そうに胸のポケットにしまい込んだ。

——この娘さんはね……。

案の定、ナカは喋り出した。僕は煙草に火を点けて、ナカのお喋りを頭のなかの手帖に書きとめた。だから、次に記すのは、頭のなかの手帖に書きとめたのを、茲《ここ》に書き移してみるだけのことである。書き移してしまえば、もう僕の頭のなかの手帖のその頁は破り棄ててしまっていい。

僕——と云うのはナカである——はこの夏、高原のKに行って来ました。Kには僕の伯父の別荘があるので、そこへ行ったわけです。別荘と云っても、ひどく貧弱な奴で、部屋が二つしかありません。尤も、この別荘と云うのは、伯父が仕事用に建てたものなので、専ら伯父ひとりで使っていると云って差支えありません。現に伯母なんかは、

――あんな狭いところに、お父さんと一緒にいたら、それこそ避暑どころか却ってくたびれるだけよ。

と云って、別荘を敬遠しています。

伯父はある大学の先生をして、頻りに長い外国の小説の翻訳をやっています。その仕事をもって、その別荘にやって来るというわけです。仕事中はたいへん気むずかしくて、いろいろ文句ばかり云うので、伯母の方でも、

――早く山に行って下さいな。あたしは鬼のいないまに洗濯でもしましょう。

と、学校が休みになると、早速、伯父を追い出してしまうのだそうです。けれども、これは伯父の話で、伯母に云わせると伯父は、

――こんなうるさい婆さんのいる家じゃ、とても仕事にならん。山へ逃げ出そう。

と、休みになるのを待ちかねて山へ行ってしまうと云うことです。しかし、そんなことはどっちだっていい。ともかく、ある日の夕暮、僕は伯父の別荘に辿りつきました。

僕がK駅で下車したときは、もう駅前の家家に灯が点っていて、夏だと云うのに冷え冷えとした風が樹立の梢をゆすっていました。僕は、伯父の家に行くのはこれが初めてでした。

だから、伯母に書いて貰った地図を頼りに行くことにしたのですが、実際に歩き出してみると、伯母の地図は一向に役に立たぬことが判りました。歩いて十五分と云うことでしたが、三十分ばかり探しまわっても見つかりません。店があれば訊くことも出来るのですが、樹立の多い別荘ばかり並んでいて、這入って行って訊くのも気がひけるような気がします。

――弱ったな。

僕は暗くなって来る路の上で、途方に暮れました。そのとき、二人の黒い人影が近づいて来るのを認めました。むろん、僕はこの二人を摑まえました。

――ちょっと伺いますが……。

その二人と云うのは、中年の女のひとと、十六、七の少女でした。番号を云うと中年の女のひとは、簡単に伯父の家を教えてくれました。何と、僕は伯父の家の前を通って、ずいぶん先まで来ていたのでした。

――おやおや、それはお気の毒でしたね。

女のひとは、そう云って笑いました。が、少女は笑いませんでした。笑わないどころか、何だか怒っているような顔をして、凝《じ》っと僕を見ていました。

暗い夕闇に浮んだ少女の顔はたいへん綺麗でした。しかし、やっと伯父の家が判った嬉しさから、僕は少女のことなぞ気にとめませんでした。

二人に礼を云うと、僕は早速伯父の家に行きました。今度はすぐ判りました。夕顔が沢山咲いている路の傍にありました。

——やあ、お前か。

と、伯父は案外、御機嫌でした。僕は伯父の仕事の邪魔はしないから、暫くいてもいいかと訊ねました。

——ふむ、と伯父は首をひねりました。静かにしているなら、まあ、当分はいてよろしい。

伯父が駄目だと云ったら、僕はKの先の湖に行こうと思っていました。が、許しが出たので、当分腰を据えてやろうと決めました。伯父の別荘には、一人の婆さんが——これは土地の女ですが——朝、昼、晩と三度やって来て炊事とか雑用を片づけてくれることになっていました。

伯父の別荘はKと云っても、その外れの方にありました。翌日、僕は炊事の婆さんに、自転車を貸してくれるところをきくと、早速、あちこち乗りまわしました。賑やかな通りの一軒の店でアイス・クリイムを舐めたり、テニスを見物したり、出鱈目に小径をとばして行って危く一人の外国人の爺さんに打つかりそうになったり……。

昼食のとき、伯父が云いました。

——莫迦に静かだったな。

――ええ、外をとび歩いてたから……。

――ふむ、家にいなかったのか。

二間しかない家なら、いるかいないかぐらい判りそうなものだと、僕はちょいと、滑稽な気がしました。

その日の午後、僕は伯父の家の近くを散歩しました。落葉松林とか、雑木林の傍を通る小径を歩いて行くと、思いがけぬところに、別荘があったり、思いがけぬところから大きな灰色の山が姿を見せたりしました。

――……?

それはこじんまりした山小屋風の別荘でした。しかし、僕が不思議に思ったのはその別荘の窓辺に、二羽の大きな蝶がチラチラ舞っていたことです。二羽の蝶は赤と黒で、それは窓のところから一向に飛び去らないのでした。

――へんだなあ?

僕はその窓に近寄ってみることにしました。それは大きな樹立に囲まれた別荘で、そのなかには細い白樺の木も一本混っていました。近寄ってみて、僕は「なあんだ」と思いました。二羽の蝶は紙で作ったもので、細い針金の先につけてあったのですから。そして、その針金を持っているのが、あの十六、七の美しい少女でした。

——……？

少女は黙って僕を見ました。

僕はちょいと間誤つきました。別に垣根なんかありませんでした。が、僕はどうやらその別荘の敷地のなかに這入りこんでいたらしかったのです。それも、紙で作った蝶を見るために。

——昨夜はどうも……。

僕はちょいと頭を下げて礼を云いました。しかし、少女は何も云いませんでした。怒ったように黙って僕を見ていました。

——このひとじゃなかったのかしらん？

僕は考えました。どうも、その少女らしく思えたのですが、あるいは、違ったのかもしれない。僕は引込みがつかなくなって、お辞儀するようなしないような、曖昧な格好をして退却しました。

樹洩れ日の落ちる路を歩きながら、僕は考えました。一体、あの少女は何をしていたのだろう？ 紙の蝶をヒラヒラさせていたが、何のためなんだろう？ 僕にはさっぱり判りませんでした。それに、確かにあの少女だと思うのだけれども、全然、知らん顔していたのは何故だろう？ しかし、その少女の美しい顔は僕の脳裏にはっきりやきついたと云ってよろしい。

晩飯のとき、伯父が云いました。

——どうだ、退屈しないか？

——ちっとも。

——まあ、お前はいてもいないと同じだから助かる。

——そうですか？

——ふむ。婆さんはうるさくていかん。

僕は神妙な顔をしていました。が、心のなかでは何故か例の少女を考えていました。

次の日から、僕は午后、きまって例の少女の別荘の近くを通って散歩することにしました。何故か判りません。少女は見えるときもあれば見えないときもありました。でも、見える方が多かったのですが……。少女は大抵、窓辺に坐っていました。少女の見えないときは、僕は些かがっかりしながら、散歩をつづけるのでした。

そのうち、僕はあることに気がつきました。つまり窓辺に坐っている少女は、午后散歩する僕を待っているのではないか、と。と云うのは、いつからか判りませんが、僕は少女を見ると軽く会釈するようになっていたのです。それに少女の方も、そのたんびに、心持ち微笑を浮かべるように思えました。

一度、僕が会釈して通り過ぎようとして振返ったとき、僕は少女が僕を見送るように窓から上半身をのり出していたのを見ました。そのとき、僕は思いました。

――この少女は、いつも独りで窓辺に坐って、何を考えているのだろう？　多分、友だちもなくて、午后散歩する僕が通るのを見て喜ぶほど淋しいのだろう。もしかすると、病気なのかな？

この考えは僕の気に入りました。僕は少女の窓辺を通って、淋しい少女を慰めてやる騎士なのだ。僕はそう思いました。

ところが、ある日、僕は散歩の途中で少女に会ったのです。少女は大きな麦藁帽子を被って、軽やかな足どりで歩いていました。が、僕を見た瞬間、少女は立ち停まりました。大きく眼を見開いて。何か怖いものでも見たように。

――こんにちは。

僕はそう声をかけました。しかし、驚いたことに少女はいきなり僕の傍を駆け抜けて行ってしまいました。僕はその後姿を呆気にとられて見送りました。

――ちぇっ、失礼だなあ。

と、僕は呟きました。少女を慰める筈の騎士もこうなっては格好がつきません。僕は少女の落して行ったリンドウを拾うと歩き出しました。

——何故、逃げ出したんだろう？　窓辺に坐っているときは、微笑を浮かべたりしたくせに。

僕が、がっかりしたのは事実です。しかし、このために少女を責める気持はありませんでした。僕はリンドウを持ってその午后、遠い林まで散歩しました。

その翌日になると、しかし、少女は窓辺に坐って通りかかる僕を見ていました。ちょいとばかり、心配そうな表情を浮かべて。

——どう云うわけだい、これは？

僕は内心呟きました。さっぱり訳が判りませんでした。僕はいつものように軽く頭を下げました。すると、少女の顔から心配そうな表情が消えて、幽かな笑いが浮かびました。つまり、窓越しに僕を見るときは、少女は何故か愉しそうでした。それが、表で会うと何故逃げ出したりするのだろう？

——まあ、いいや。

と、僕は思いました。

それは、午后物凄い夕立が降った日の夕方でした。夕立のおかげでいつもの散歩の出来なかった僕は、伯父のいる隣りの部屋に閉じ込められてすっかり閉口していました。だから、夕立があがると、早速、散歩に出たのです。夕方——と云ってもまだ明かるく、空には、美しい虹さえかかっていました。

僕は滴がポタポタ落ちて来る林の傍の路を歩きました。窓を開けたり、何か愉しそうに大声で喋っている声の聞こえたりする別荘の近くを歩きました。夕立のあとは、何かみんな新鮮で愉快そうでした。

――……。

そのとき、僕はもう例の少女の別荘に近づいていたのですが、路に少女が立っているのを見つけたのです。

――気をつけろよ、と僕は自分に云いきかせました。黙ってお辞儀して通るんだぜ。

路の両側には高い樹立が並んでいて、その遥か向うに夕暮の美しく色づいた空がありました。少女はその美しい空を背に立っていました。僕を見たら、少女はきっと家のなかに馳け込んでしまうだろうと僕は思いました。

しかし、夕立は妙な力を持っていたようでした。少女は僕を見つけても、逃げ出しませんでした。逃げ出さぬばかりか、何だか、僕を待っているらしい顔つきでした。それでも、僕は用心して静かに、何気なさそうに歩いて行きました。

――……。

僕は驚きました。少女は僕が近づくと、僕にグラジオラスの花を差し出したのですから。

僕がその花を受けとって、少女に礼を云おうと思ったとき、少女はもうその場にいませんでした。僕は黄色いグラジオラスの花を持ったまま、路に立っていました。

——一体、どう云うわけなんだろう？

歩き出して振返ると、窓に少女の姿が見えました。が、少女は僕が振返ると素早く姿をかくしました。けれども、僕は満足でした。何だか、世のなかがとっても愉しく見えました。

伯父の家に戻ると、グラジオラスを見て伯父が云いました。

——おいおい。よその花をとって来ちゃいかんぞ。

僕はくすくす笑いました。が、神妙に答えました。

——はい。でも、貰ったんです。

——ふうん？

伯父は少しポカンとしていました。

僕はグラジオラスのお礼をしようと思いました。僕は商店街を歩きました。高いものはとても手が出ません。と云って、僕の買える程度のものでは碌なものがない。そのうち、名案を思いつきました。そうだ、少女の写真を撮ってやろう。うまく撮って、引き伸ばしてやろう。

——多分、と僕は考えました。そうすれば少女と少し話が出来るだろう。名前ぐらい判るだろう。窓辺に坐って少女が何を考えているか判るだろう。

僕はカメラを持っていました。でも、そのカメラでいままでに撮ったのは伯父とか炊事の婆さんとか風景とかでした。何故、もっと早く気がつかなかったのだろう。

その翌日、僕はこの名案を早速実行に移すことにしました。僕はその日の午后、少女の別荘の方へと歩いていきました。よく晴れた気持のいい日でした。しかし、僕は思わぬ難関に打つかりました。と云うのは、少女の家の外に、あの中年の女のひとがいて洗濯物を干していたからです。いままでも、そのひとを見かけたことはありました。が、ただ通り過ぎるだけでしたから一向に差支えありませんでした。しかし、この日は――ちょっと困りました。困ったけれども、仕方がありません。僕はそのひとに話すことにしました。

そのひとは少女の母ではありませんでした。付添の女中だと判りました。

――ああ、あなたでしたの。

と、そのひとは云いました。

――いつぞや、路を教えて頂いて……。

――ええ、いつもこの前の道散歩なさるんでしょう？　お嬢さまから聞きましたわ。

――はあ？

僕はちょいと面喰いました。僕が少女の写真を撮りたいと云うと、そのひとはちょっと考え込みました。それから、僕の顔を意味あり気に見ました。

——いまちょっと出て行かれましたけれど、すぐ帰っていらっしゃいます。お待ちになったらいいわ。

——そうします。

——あなたが毎日この前の道、お通りになるの、とっても愉しみにしていらっしゃってよ。

——はあ。

——お友だちもいないし……。

——何故ですか?

女のひとは、もう一度、僕の顔を意味あり気に見ました。

——お判りにならないの?

アンデルセンの童話に「人魚の姫」と云う美しい作品があるのを御存知でしょう。人魚の姫が一人の王子に恋いこがれて、人間にして貰う。が、その替りに彼女はその美しい声を失わねばなりませんでした。そうです。この美しい少女はものが云えなかったのでした。僕は吃驚しました。しかし、何故それに気がつかなかったのだろう?

僕にはすべてが判りました。何故、少女が逃げ出したのか、何故、窓越しに僕を見るときだけ微笑するのか、すっかり判りました。彼女は僕に話しかけられるのが怖かったのです。

口がきけぬことを知られるのが恥ずかしかったのでしょう。

——お判りですか？　とそのひとは云いました。あたしには、お嬢さまの仰言ることが判るのです。

僕は黙って点頭きました。それから、僕は待つのは止めて歩き出しました。少女が唖だと云うことを、僕は知らないことにしようと決めたのです。多分、僕とそのひとが話しているところを見たら、少女は何か感じるに違いないでしょうから。

その後、僕は何気なさそうに窓辺の少女の写真を撮りました。むろん、少女は僕が彼女の秘密を知っていることを知らないでしょう。僕は写真を撮ったあと、薄の穂の出かかった丘の路を歩きながら、少女のことを考えました。丘の上を風が渡って行きました。

——少女が口がきけたら、と僕は思いました。多分、僕たちはいろんな話が出来るのだろうが……。

すると、吹き渡る風がこう云っているようでした。

——そんなことはない。人間は黙っているときが一番お互いに理解出来るのだ。

と。多分、そうかもしれない、と僕は思いました。

霧

街には霧がかかっていた。坂の上から、街を見降すと、燈火やネオンの灯が霧に滲んで妙に美しく見えた。僕は両手をジャンパアのポケットに突っこんだまま暫く街を眺めた。霧のなかから、何か浮かび上って来るような気がした。何か——それは白い顔であった。

——待っているわ……。

その白い顔がそう云っているように思えた。僕は四囲を見まわした。四囲は暗かった。仄暗い街燈の灯がポツン、ポツンと見えた。その灯も少し滲んで見えた。男女の二人づれが、静かに坂を降って行った。一人、大きな荷物を抱えた男が坂を登って来て、僕の傍に立った。

——やれやれ……この坂は骨が折れる。

——……。

五十恰好の貧弱な男だった。男は僕が黙っているので何か独言を云った。それから、闇のなかに消えて行った。僕は襟巻に顔を埋めるようにして坂を降って行った。

坂を降りると、僕は裏通りを辿って行った。裏通りは暗く、人影も疎らであった。橋のところで僕は立ち停まった。何故か判らなかった。が、妙な昂奮を覚えている自分に気がついた。僕は幅の狭い黒い河を覗き込んだ。何も見えなかった。すると、白い顔が再び浮かび上がって来た。

――待っているわ……。

僕は背後を振返った。誰もいなかった。

僕は大股にゆっくり歩いて行った。急ぐ用事はなかった。坂の上から見降したときは、かなり濃く立ちこめているように見えた霧も、街のなかに這入ってみるとそれほどでもなかった。裏通りもかなり賑やかになってきたころ、僕は一件の酒場を見出した。扉の上に灯が点っていて、赤地に白く「ブルウ・ロオズ」と云う文字が読めた。僕は肩でその扉を押しながら考えた。

――二日前と同じことだ。

と。事実、二日前の夜僕はやはり坂の上から街を眺め、裏通りを通って「ブルウ・ロオズ」に辿りついたのである。ただ時刻はもう少し遅かった。また、そのとき、霧はかかっていなかったけれども……。

酒場のなかは仄暗かった。たいして大きな酒場ではなかった。が、止り木に三人と横の卓子に向いあった四人組の客がいた。その連中は何れも僕が這入って行くと振返って見た。が、すぐ元の姿勢に戻った。僕はスタンドの隅の止り木にお尻をのせると、ウイスキイを注文した。

——ハイ・ボオルで……？

——いや、水割りだ。

僕はウイスキイを飲みながら、店のなかを見まわした。この店に這入ったのはこれで二度目であった。二日前に初めて這入ったにすぎない。若い眼鏡をかけたバアテンと、若い女が三、四人と、マダムらしい中年の女が一人いる。彼らは馴染客でない僕には、一向に関心を示さなかった。が、そんなことはどうでもよかった。くすんだ色の壁に、額が二、三枚かかっていて、スタンドのなかの壁には洋酒の瓶が並んでいて、奥の手洗いの入口の右手の壁の飾り棚には青い壺がひとつのっていた。多分、のせっ放しになっているにちがいなかった。と云うのは、二日前の晩、試みにその壺にさわってみたら指先に埃がかなり沢山ついたから。

二日前の晩は、この店はひどく賑やかであった。沢山客がいて、流しの唄うたいが這入っていて、唄声と笑声と喚声とアコオデオンの音で、僕は聾になりそうな気がした。そして、僕もひどく酔って女と踊ったりした。

——何故、あんなに酔ったのだろう？

何故か、判らなかった。僕は女を見た。が、どの女と踊ったのか、さっぱり思い出せなかった。

しかし、止り木にいたお客の一人が帰ると、その客と話していた女が僕の隣りの止り木に腰かけた。

——いらっしゃい。

僕はその女を見た。痩せて小柄な女であった。見憶えはなかった。

——おや、どうしたの？　と女が云った。今夜は神妙ね。

——今夜って……僕のこと知ってるのかい？

——知ってるのかって、こないだ、あたしとさんざん踊ったくせに……。

僕は苦笑した。同時に、少しばかり不安でもあった。

——こないだ、変なことなかったかい？

——変なことって？

——つまり、もの凄く酔っ払って憶えてないんだ。だから、何か酔って……。

——ああ、そのこと、それなら大丈夫。そう云えばずいぶん酔ってらしたらしいけど……でも、失礼ね、あたしを忘れてるなんて。

僕はもう一度苦笑した。そして、店のなかを見まわしながら考えた。何故、今夜は混まないのだろう?

——今夜は、店も静かだね?

——これからよ、混むのは。まだ、早いんですもの。

急ぐ用事はなかった。僕はゆっくりウイスキイを飲むことにした。二日前の夜のように酔いすぎてはならなかった。手洗いに立ったとき、僕は飾り棚の青い壺にさわってみた。指先に埃が附着した。のせっ放しになっているからだ、と僕は考えた。

その裡に、店のなかは客で一杯になった。流しの唄うたいも這入って来た。僕はそれまでに、僕が充分酔う筈の量のウイスキイを飲んでいた。が、その夜はちっとも酔わなかった。何故か、よく判らなかった。霧のせいかしらん、と僕は考えた。客は何れも、陽気に騒いでいた。唄ったり、踊ったり、笑ったり、大声で話したりしながら。踊っていた一人の中年の男なんか、よろめいて僕に打つかり、ひどく恐縮して僕に握手を求めたりした。

——莫迦な奴だな。

僕は内心、そう呟いた。僕のような孤独の客は一人もいなかった。孤独な——事実、例の女も僕が憶えていなかったのを失礼千万と思ったのか、その後、二度と僕の傍には来なかった。僕はその陽気な店のなかを眺めまわしている裡に、云い知れぬ昂奮を覚えた。それは、先刻黒い河を覗いたときに覚えたものよりも遥かに激しいものらしかった。

僕は手洗いに立った。厚いカアテンで仕切ったなかに這入ると、狭いコンクリイトのたたきになっていて、そのすぐ鼻の先にトイレットの白い扉があった。が、そのカアテンのなかに這入った僕の手には、飾り棚から降した青い壺があった。僕が青い壺を降すのを誰も見ていない筈であった。見ていたとしても、陽気に浮かれている連中の誰も気にとめぬ筈であった。酔客の気紛れとしか思わなかったろう。

僕は素早く青い壺を逆さにした。壺の口から、白い袋が転り出た。埃に汚れて。僕はその袋をポケットに押し込むと、今度はよろめきながらカアテンの外へ出た。青い壺を棚にのせながら、チラリと店内の様子を見た。誰も僕に関心を払っていなかった。

——……。

言葉にならない奇妙な感情が僕の全身を貫いた。僕は再び止り木に腰かけると、ウイスキイを飲み干してお替りを注文した。ポケットに手を入れると、白い袋があった。白い袋の上から、なかに這入っている硬い物体を僕の指先が愛撫した。硬い物体——それは莫大な価格の宝石類であった。僕の耳には、もう店のなかの喧騒も這入らなかった。

——待っているわ……。

僕の耳には、そんな声が聞こえる気がした。僕は眼を閉じた。すると僕の脳裏をある光景が掠めすぎた。ある光景——二日前の夜の光景が。

……二日前の夜、僕はある静かな町にある一軒のレストランの近くに立っていた。レストランから出て来る友人のマキを待っていた。街燈に照らされた街路樹の枝に、破れ凧がひとつひっかかっていて、寒い風にゆれていた。僕は、子供のころ、凧揚げしたことなぞ想い出していた。七、八分経ったころ、マキが出て来た。しかし、一人ではなかった。他に二人の男がいた。二人の男はマキを真中にして、歩いていた。

——……。

僕は動かなかった。僕にはよく判らなかった。凝《じ》っと見ていた。しかし、マキの言葉は憶えていた。僕と一緒にそのレストランの近くまで来てレストランに這入って行く前に、マキは云った。——五分とかからないぜ。だが、俺一人じゃなかったら知らん顔してろよ、俺も知らん顔してるから、と。

僕は三人を見ていた。三人は肩を並べて親友のように二十米ばかり歩いた。マキは、僕の方は一度も見なかった。それから、三人は駐車していた一台の車に乗り込んだ。車が走り去ったとき、僕は考えた。

——どこへ行くのか？

マキがいなくなれば、僕には用のないレストランであった。が、僕はまだ立っていた。寒い風が吹いて、破れ庇がゆれていた。五分ばかりすると、一人の男がレストランから出て来た。中折帽を被って外套を着たその肥った黒い影を見たとき、僕は妙な昂奮を覚えた。男はレストランを出ると、急ぎ足に歩き出した。僕はその背後から歩いて行くことにした。どこに行くのか？　むろん、表通りに出てタクシイを摑まえるに相違なかった。しかし、その前にその男に話したいことがあった。

往来は暗く、歩いている人も殆んどなかった。僕は前後を見た。それは一種の賭に似ていた。前方に灯の点った煙草屋があった。男がその店に行きつくまでに誰も来なかったら、と僕は考えた。この賭は俺の勝だ、と。男は煙草屋の前まで行った。が、誰も来なかった。僕は歩調を速めると男の背後に近づいた。男が振返ったとき、僕は男の背にナイフの柄をピストルみたいに押しつけた。

——何だ、お前は？

男が低い声で云った。その声を聞くと僕はむかむかした。僕は黙って男を空地に連れ込んだ。そこは以前は誰かの家があったらしく、コンクリイトの塀で囲まれていて、門の傍には街燈が立っていた。多分、空襲でやられてそのままになっているらしかった。

——何の用だ、と男は云った。人違いじゃないか？

僕は苦笑した。

――マキも、あんたの仲間にこんな具合にしてつれて行かれましたよ。

――マキ？　お前は……。

――マキは僕の友だちです、と僕は何だか愉快になって云った。それで、マキの復讐をしてやろうと思うんです。

――マキはどうもされやせん。ちゃんと、あの店から出て行った。

――三人づれでね。待ってる僕には何の挨拶もなかった。どういうわけだろう？

――そんなこたあ、知らん。

――どっちでもいいや、と僕は云った。マキはどこに行ったんですか？

――さあね、知らんね。

――どうして大声を出さないんですか？　誰か助けに来てくれるかもしれませんよ。

――……。

男は黙っていた。僕は耳をすました。遠い車の音と犬の声しか聞こえなかった。

――僕が心配するのは、と僕は云った。二度と生きてるマキに会えないんじゃないかと思うんでね。

――そいつは不思議な話だ。

――不思議じゃないさ。マキの奴はある男に頼まれて凄い値打の宝石を手に入れたんです。

どうして手に入れたか、それはその男がよく知っている。それをある晩、ある所でその男に渡すことになっていた。例えば今夜、あのレストランであんたに渡す筈だったかもしれませんよ。

男は黙っていた。が、その気配で――生憎、背中にナイフを押しつけたままだから顔は見えないが――男がかなり動揺していることが判った。

――むろん、マキは報酬を貰って幕が降りる、となれば話は結構だけれども、その男がたいへん疑い深いケチな奴で、万一マキが口を割って自分が表面に出ることになるとまずい、と思ったとすると……何しろ、死者は語らず、とか云う文句がありますからね。御存知でしょう？

――知らん。俺の知ったことじゃない。

――そりゃ残念だな。ところで、僕の用件はその宝石を頂きたいと云うことなんです。

――何の話かね？

――どうです？　出しませんか？　それに、僕があんたの背中につきつけてるのはピストルじゃないんです。あんな音のする奴は……。

男の手が動いた。宝石をとり出すのか？　そうではなかった。しかし、それより僕のナイフの方が早かった。振向いた男の心臓を僕のナイフは貫いた。男は呻き声ひとつ立てなかった。仆れた男の手からピストルが落ちた。僕は男を見た。それは醜悪な物体にすぎなかった。

——正当防衛かな？　と考えて僕はちょっと滑稽な気がした。

僕は男の内ポケットに宝石の這入った白い布の袋を見出した。ナイフや血のついた手袋を束ねて一個の包みをこしらえながら、僕は考えた。果して始めから、僕はこうするつもりだったのだろうか？　と。ナイフはともかく、何故汚れた手袋なんか持っていたのだろう？　何故、昼間やって来てこの空地だと人に知れないな、なんて思ったのだろう？

が、そんなことはどうでもよかった。

僕は暗い通りを歩いて、坂の上に出た。街を見降ろすと、まだ街は美しく夜の粧いをこらしていた。僕は裏通りを辿って歩き、橋のところで黒い水のなかに、手にしていた包みを落した。包みはたちまち水に消えた。

裏通りが賑やかになるころ、一軒の酒場があった。赤地に白のネオンがブルゥ・ロオズと云う名前を浮かび上らせていた。ひどく寒さを覚えていた僕はその店に這入って行った。店のなかは客が大勢いて喧ましいこと夥かった。しかし、それは僕にとっては、却って好都合と云ってよかった。多分、客もいない淋しい酒場の片隅に坐っていたら、僕は肉体の寒さよりも心の寒さのために凍死したかもしれない。つまり屍体から遠のいて始めて、僕は僕の殺した人間の顔がうるさくつきまとうのを感じたのである。

茲でも僕は賭をした。僕はトイレットの入口の壁の飾り棚にある青い壺に眼をとめた。手をふれて見ると埃がついた。と云うことは、普段はのせっ放しで降さないことを意味する。二日、と僕は考えた。この壺に宝石をかくしておこう。誰かに見つかったら、それまでのことだ、二日経って来て見てまだ這入っていたら、それはまたそのときのことだ、と。僕は青い壺に白い袋を落した。

そのときである。僕の耳に——待っているわ、と云う声が聞こえたのは。それは僕にはなつかしい声であった。その声の主は、僕がある事情で三ヶ月ばかり都落ちをせねばならなかったとき、悲しそうな顔をして云った。

——待っているわ……早く帰って来て……。

四ヶ月後、僕が東京に戻ったとき、彼女は僕を待っていなかった。ある男のものになっていた。何故？　僕はその不愉快な経緯を冗冗と云いたくない。ただ、その男を殺そうと思ったのは事実らしい。何故なら、僕はその通り実行したから。しかし、ひどく寒いのは不思議であった。僕はその寒さを忘れようと矢鱈に酒を飲み矢鱈に踊り——やがて、すべてを忘却した。……

しかし、いまはもう寒くなかった。

僕はウイスキイをゆっくり飲みながら陽気な客を眺めた。そして、そろそろ行かなくちゃいかん、なんて考えていた。と云ってどこへ行くのか、僕にもよく判らなかった。ラジオかレコオドか知らぬが、『枯葉』が聞こえた。僕は喧しい店のなかで、そのメロディだけを聞きとろうと努めながらマキのことを想い出した。

二日間、僕はマキを探した。が、見つからなかった。尤も手取早く云えば、ちゃんと新聞がマキの行方不明を教えてくれていた。マキが例のレストランで例の男に会ったことは警察にも判っているらしかった。ところで、男の屍体が空地で発見されてマキが行方不明となると、マキが殺人の有力な容疑者にされてしまったらしかった。僕は二人の男と一緒に車に乗ったマキを想い出した。

——マキはどこへ行ったのか？

僕はポケットの宝石を袋の上から弄びながら、僕の賭を考えた。青い壺に袋を落すとき僕は——待っているわ、と云った女のことを念頭においたのではなかったか？　白い顔を想い浮かべたのではないか？

僕は暫く考えた。

そのとき、誰か僕の傍にすり寄った。見ると、先刻、踊っていてよろめいて僕に打つかった中年の男であった。

——何だ、ずいぶん、淋しそうですね。一緒に愉快にやりませんか？

僕は首を横に振った。

——何だ、そうつれなくしなさんな。

男はひどく酔っているらしかった。僕は勘定を払うと立ち上った。男はまだ冗冗と何か云っていたが、立ち上った僕の肩を叩くと陽気な声で云った。

——じゃ、もう一軒、どっかに行こう。もう一軒。

僕は相手にならずに扉を開いた。待っているわ——そう云う白い顔が見える気がした。霧はもう晴れてしまったらしく、戸外へ出るとひどく寒かった。

歩き出そうとしたとき、僕は両側に二人の男がいて僕の腕を捉えるのに気づいた。

——何だい？

——黙ってな。

と、一人が云った。それは、驚いたことに例の酔っぱらっていた筈の中年男であった。

——訊かなくても判ってるだろうが……Tさんはマキに殺されたんじゃないのさ。マキにはTさんを殺せない理由があるのさ。

——死んでるからかい？

——よく御存知だな。

もう一人の若い男がそう云った。

――そうよ、宝石のこともよく御存知の筈さ。

と、中年男が云った。

――車まで少し遠いんで御気の毒だがね。

と、若い男が云った。僕らは肩を並べて歩いて行った。街の灯は尠くなった替りに空に星が出ていた。何故、僕があの店にいると判ったのだろう？　考えても判らなかった。が、そんなことはどうでもよかった。僕がどうなるのか、それも一向に判らなかった。判るのは、ただ、待っているわと云う声と白い顔が次第に遠のいて行くことだけであった。僕らは親友のように肩を並べて歩いた。ひどく寒かった。

夏の『思い出《スウベニイル》』

それは美しいバイオリンの音《ね》でした。私は足をとめて、その音の聞えて来るほうを確かめました。それは右手の一軒の別荘から聞えて来るらしく思われました。曲は、ドルドラの『思い出《スウベニイル》』でした。この曲は私もよく知っています。私はそのバイオリンの音色の流れてくる別荘のほうに近寄りました。

――……？

私は少し面くらいました。というのは、その別荘は人が住んでいるらしく見えなかったからです。窓にはよろい戸が降りていました。この山の別荘地のたいていの別荘は、昼間は庭にせんたく物が干してあったり、カアテンが風にゆれていたりするのが普通でした。いや、普通なら、昼間からよろい戸を降ろしている家なんか、まずないといってよろしい。しかし、その別荘は明らかに人が住んでいるらしくは見えませんでした。それなのに美しいメロディが流れ出て来るのは、まちがいなくその別荘からでした。

——……？

私は不思議に思いながら、その別荘の庭にはいって行きました。それから、玄関のところに立ちました。庭にはカンナの花が赤く咲いていました。が、雑草もかなり茂っていました。私は耳をすましました。バイオリンの音色が聞えるばかりでした。風が吹いて、前の林の葉が鳴りました。が、それだけでした。その家からは、他のなんの物音も聞えない。私は、少しばかりびくびくしながら、玄関のとびらのとってに手をかけました。しかし、それはかぎがかかっていて開きませんでした。

——まさか……。

と、私は思いました。まさか、幽霊屋敷じゃないだろうな、そう思ったからです。むろん、私はそんなことは本気で考えたわけではありません。しかし、だれも住んでいないらしい家のなかから、バイオリンの音が流れて来るのはなぜなのだろう？　私にはわかりませんでした。私は、しばらくその玄関の前に立っていました。それから、立ち去りました。解くことのできない謎をいだいて。

それは、ある晴れた夏の一日のことでした。私はその別荘地のはずれにある谷川のほとりに立っていました。大きな石がごろごろころがっている間を、美しい水が早く流れていました。美しい水はしぶきをあげて岩にぶつかり、しぶきは私の足をぬらしました。対岸――といっても狭い谷川ですが――はかなり高いがけになっていました。

――……？

すると、突然そのがけの上から、ひとつ、白いボオルが落ちて来たのです。ボオルは岩にぶつかると勢いよくはずんで、私のほうに飛んで来ました。まるで、私につかまえてくれといわんばかりに。私は手を伸ばしてそのボオルをうまくつかまえることができました。そのとき、がけの上で小さな叫び声がしたと思うと、がけから谷川へ降りる小道に、ひとりの少女が姿が現わしました。

がけの上には道があるのですが、草がたけ高く茂っているので、いままでは全然わからなかったのです。少女は空色のワンピイスを着ていました。がけから降りて来た少女は、私を見るとたいへん驚いた様子でした。おまけに、私の手にボオルがあるのに気がついて、もっと驚いた模様でした。

――これは、あんたのボオル？

私は少女に尋ねました。

少女はちょっと恥ずかしそうな顔をしました。

――ええ。

——ちょうどうまいぐあいに、僕のほうに飛んで来たんでね。

少女は丸木橋を渡って私のほうにやって来ました。私は少女にボオルを渡しました。少女はもう一度恥ずかしそうな顔をしました。それから、微笑しました。

——まりを、ほうりあげながら歩いてたんです。

——……。

——何回、つづくかと思って。

——ふうん、それで何回つづいたの？

——百三回。

そう云うと、少女は白いボオルを持って、私にちょっと会釈すると身軽に走り去りました。子じかのように。私はそのうしろ姿をぼんやり見送りました。少女は多分、十五、六歳だろう。私はそう思いました。少女は明かるいかわいらしい顔立ちをしていました。少女の姿はたちまち木立のかげに見えなくなりました。

私は例のあき家から聞えてくるバイオリンの音が妙に気になっていました。だから、最初にその音を聞いたのちも、ちょいちょい、散歩の途中、その別荘のそばを通りました。が、どういうものか、そののちは二度と聞くことができませんでした。そうすると、最初に私が聞いたのは、そら耳というやつだろうか？　そんなはずはない。

私は一度、そのだれも住んでいない別荘を一周してみました。裏のほうもしまっていました。裏にはやはり戸口があって、なんきん錠がかかっていました。が、その錠は赤くさびていました。

——へんだな、たしか、この家から、ドルドラの『思い出』が聞えて来たのだが。

私にはさっぱりわかりませんでした。

フランスのメリメという小説家に『マダム・ルクレチア小路』という短編があります。あき家でだれも住んでいないはずなのに——だからほこりだらけの家なのに——長いすだけ、ほこりがたまっていないというのです。

なぜか？　いま、私はその説明をしようとは思いません。興味のあるかたは、むしろ、ご自分で読んだほうがはるかにおもしろいはずだからです。しかし、この別荘からバイオリンの曲が流れてくるのを聞いた私は、メリメの小説を思い出しました。まちがいなく聞えた以上は、確かにだれかがひいていたに違いありません。むろん、幽霊がいるはずはない。すると、それはだれが、なんのためにひいていたのか？　また、どうやって、この家にはいりこんだのか？

しかし、私は一週間目ぐらいに、この謎を解くことができそうな、ひとつの手がかりをつかみました。

それはかなり風の強い、ある午後のことでした。空には白い雲が流れていました。私はからまつ林を散歩して、それから、大きなポプラが白く葉をひるがえしている丘のほうに登って行きました。丘の先には、例の別荘がある。その別荘はそこに、ポツンと一軒だけ建っているのでした。

私は遠くのブドウ色の山をながめながら、風にむぎわら帽を飛ばされないように気をつけながら、ゆっくり丘を登って行きました。そのとき、私はあの少女を見たのです。

少女は、私とは別の道を通って歩いていました。少女の歩いている道は私のところからはかなり丘の上のほうにありました。少女は、何か大きな荷物を持っていました。何か——それは、そのかっこうから見て、まちがいなくバイオリンのケエスでした。

——バイオリン？

しかし、少女の姿が見えたのは、ほんのわずかな時間でした。たちまち見えなくなってしまいました。そして、私の目に映るのは、大きなポプラの茂みと白い雲ばかりでした。私はゆっくり丘を登りつづけました。

例の別荘に近づいたとき、私は思わず足をとめました。強い風のためでしょうか、はっきりとは聞えませんでしたが、私はふたたびあのバイオリンの音色を耳にしたのです。私は今度は静かに、しかし、足を速めてその別荘に近寄りました。ドルドラの『思い出』のメロディが美しく流れていました。

――……。

私はじっとその音色に耳をすましました。それから、私はもう一度その別荘を一周してみました。裏手の戸のなんきん錠がはずれていました。つまり、少女はそこから、この別荘にはいり込んだというわけです。

――なぜ？

それは私にもわからない。しかし、私はその別荘のなかにはいって行くようなまねは、むろん、しませんでした。そのかわり、少女のバイオリン――まちがいなくそう思われました――に耳を傾けたのち気づかれぬようにこっそり立ち去りました。

私はその別荘で聞いたバイオリンが、少女のものであることを疑いませんでした。それはよろしい。しかし、なぜ、少女があき家のような別荘でバイオリンをひくのか？　それは依然なぞのままでした。たとえば、こんな考え方はどうだろう？　少女はだれにも知られず、こっそりバイオリンの練習がしたいので、あの別荘に出かけて行く――しかし、これも私を満足させてはくれませんでした。

ある日、私は知り合いのHさんの奥さんと話をしていました。この奥さんは、この別荘地に古くから来ていて、この別荘地のことはよく知っている人でした。なんの話のはずみか覚えていませんが、奥さんはショパンが好きだといいました。それで私は例の別荘を思い出しました。

私はその別荘のことをきいてみました。

——あれは、あき家なんですか？　散歩の途中、見かけるんだけれど、いつもしまっていますね。

——ああ、あのおうち……。

と、奥さんはいいました。

——Kさんのおうちね。あのおうちはことしはいらっしゃらないわ。

——なぜですか？

奥さんはちょっと目を細めて遠い山を見ているようでした。

——ご不幸があったとかって……。

——……？

——息子さんがなくなられたんですよ。去年の秋とかに……ひとりむすこで、とってもかわいがっていらしたのに。

なんでも、そのKさん一家は毎年、この山の別荘に来ていたらしいのです。ところが、ひとりむすこのA君とかが病気になった。去年の夏は、この高原の別荘で静かに療養していたらしいのです。それが東京へ帰ると、秋に死んでしまった。それで——多分、そのためでしょうが——ことしは別荘にはだれも来ないという話でした。

私は黙ってその話を聞きました。それから、奥さんが話を止めたとき、たずねました。

——その息子さんのAくんは幾つでしたか？

——さあ、十七、八じゃなかったかしら？ 確かそのぐらいだと思ったけど……。

——ふうん。で、仲のよい友だちはいませんでしたか？

——お友だち？ さあ、どうかしら？

——たとえば、かわいらしい女の子とか……。

——さあ……なぜ？

奥さんはへんな顔をしました。なぜ、と云われると、私も困りました。そこで適当にごまかしてしまいました。

それはちっぽけな花火大会の夜でした。夏の夜空に打ち上げられる花火は美しいものです。一瞬、空に美しい花を開いて、たちまち消えてしまう。花火が美しいのは、一瞬のうちに消えてしまうからに違いありません。山の花火大会は、むろん大がかりなものではありません。しかし、美しい夜空に浮かぶ花火は、私たちを大いに満足させてくれました。

その夜、花火を見ていた私は、少女を見つけました。少女はだれか母親らしい人といっしょでした。が、少女は私に気がつくと、笑って母親らしい人になにか云いました。そこへ、Hさんの奥さんもやって来ました。Hさんの奥さんと、少女の母親がなにか話しているとき、私は少女にいいました。

——丘の上の別荘、知ってるでしょう?

少女はびっくりした顔をしました。

——いつだったか、通ったら、あき家のはずなのにバイオリンの音が聞えた。

少女は私の顔を見つめました。

——ドルドラの『思い出』をひいていた。とってもきれいだった。

少女はびっくりしたような、同時に困ったような顔をしました。

——あの別荘に、A君とかって息子がいたそうだけれど、知ってるかい?

少女は強くうなずきました。それから、急に母親のほうに行ってしまいました。そして、私は考えました。A君と少女は仲がよかったに違いない。多分、去年の夏、A君が別荘でねているとき、少女はよくそこに行ってバイオリンをひいてやったのだろう。A君は少女のバイオリンをよろこんで聞いたのだろう。多分A君はドルドラの『思い出』が好きだったのかもしれない。そして――A君が死んでしまったことし、少女はA君を思い出しながら、去年と同じように、A君のねていたへやでバイオリンをひいているのだろう、と。

私のこの考えは、間違ってはいませんでした。と云うのは、あとで少女に確かめてわかったのですから。

その夜、私は美しい花火を見ながら、A君という少年も、花火のように消えてしまったのだ、と思いました。

それは、もう私が山を去る二日前のことですが、私は散歩の途中、少女といっしょになりました。少女はバイオリンのケエスをかかえていました。もう、秋の風でした。すすきが穂を出しかけていました。ぶどう色の遠い山もなんとなく山はだをくっきり見せていました。

――いつ、お帰りですの？

――あさって。

――あたしは、まだ一週間いるわ。

――別荘までいっしょに行っていいかな。

――ええ。でも聞いてないで……。

——うん。

私たちは別荘に向かって歩きました。私が私の考えをまちがいでないと知ったのは、この時少女と話をかわしたからです。少女はドルドラの『思い出』のほかにも、幾つかA君のためにひいてやったのだそうです。

——君は、音楽家になるつもりかい？

——……。

少女は笑って答えませんでした。が、多分、そうらしい笑い方でした。私は少女がりっぱな音楽家に——バイオリニストになることを祈ってやみませんでした。少女は目下、なんとかいう先生についてバイオリンを習っているとこのことでした。むろん、将来は音楽学校に入学するつもりなのでしょう。

別荘まで行った私は、少女に別れることにしました。が、最後の謎を解くことを忘れはしませんでした。つまり、少女に別れる前に、私は少女に尋ねたのです。

——どうやってあけるの？

少女はにっこり笑いました。それから、ポケットに手を入れると、一個のかぎをとり出しました。それは例のなんきん錠のかぎのようでした。かぎは赤くさびていました。さびて

——しかし、その先のほうはさびが落ちて光っていました。

——この戸の上のさんにのせてあったの、と少女はいいました。去年からずうっと……ことしはあたしが預かっているのよ。ここにいるあいだ。

——なるほど。

私はうなずきました。それから、私は少女と別れました。私は別荘の前の林にはいると林の木にもたれました。しばらくすると、美しいメロディが流れて来ました。美しいメロディは林の上を渡る風にのって、遠いブドウ色の連山まで流れて行くかのようでした。いや、あるいは白い雲にのって、遠くA君のところまで運ばれて行くかのようでした。林のはずれには一頭のやぎがつながれていて、無心に草を食べているのが見えました。

赤い電話

若い友人Sがこんな話をしてくれた。以下、「私」と云うのはSである。

私の家の隣りは花屋です。と云っても、私の家は商店街にあるのではない。省線のN駅から歩いて五分ばかりの住宅地にあります。昔は郊外と云われましたが、いまでは一向に郊外らしい風情も見られません。しかし、住宅地の辺りは割合静かで、樹立も多い。少し歩いて行くと広い通りに出て、そこから商店街になる。だから、その花屋は何かの弾みで間違えてそこに店を出したように見える。

花屋は小さな十字路の一角を占めています。四つ角に面した一方は大きな硝子窓になっていて、その張り出した窓にはいつも綺麗な花が飾ってある。もう一方は入口になっていて、これも硝子戸ですから、花屋のなかは明るくよく見える。硝子窓の上と、入口の方の上と、その両方に赤と白の陽除けがついていて、ちょっと見ると洒落た感じがしないでもありません。

花屋を覗くと——覗かなくても私は知っていますが、いつも一人の中年の女のひとがいるのが見られます。肥って人の好さそうなお神さんです。私の考えからすると、花屋にはほっそりした女性がいた方がいいと思うのですが、別に肥っていて悪いと云うわけではありません。この肥った女の人が花屋の主人です。ときどき二十才くらいの可愛らしい顔をした女性を見かけることもあります。これは花屋の娘です。ある短期大学とかに行っているのですが、暇なとき店に顔を出していると云うわけです。肥ったお神さんの御主人は会社員です。どうして奥さんに花屋をやらせているのか、その辺のところはよく判らない。またそれはこの話に関係のないことです。娘さんには兄がいて、大学を出てから建築会社に勤め目下関西の方の店に行っています。

ところで、ある日、私は一大発見をしました。申しおくれましたが花屋の入口の前には台がおいてあって、その上に赤電話がのっています。私の家にも電話はありますが、電話と云う奴は黙っていては用が足りない。ところが声を出した場合、よしんばそれが父や母であっても聞かれて困る場合があるのです。つまり、ある日のこと、私はその困る場合に該当する用件で、ある悪友に電話をかけました。むろん、花屋の電話を借用したわけです。

——うん、そうそう、頼むよ。

——ちぇっ、勝手なこと云うな。

電話をかけながら、私は横眼で花屋を見ていました。そのとき、肥った女主人は店にいないで、娘さん——アキコと云うのです——が一人で鋏で花の茎を切っていました。すると、娘さんが不意に顔をあげて私を見ると、何やら恥ずかしそうに微笑して会釈したのです。私は些か面喰いました。が、気がついて見ると彼女は、私ではない、いま通りかかった一人の男に会釈したらしいのです。私はその男を横眼で追いました。シャツにズボンの恰好で、休日の散歩でも愉しんでいるらしい様子でした。年のころは、もう三十幾つになっているかもしれない。

私の一大発見と云うのは、花屋の娘アキコが、その男にひそかな愛情を覚えているのではないか、ということなのです。私の見たところ、彼女の表情はまさにそれに相当するものでした。私は考えました。これは面白いことになった、愉しみがひとつ増えたと云うものだ、と。尤も、そんなことを考えたおかげで、友人との電話の方が些かチンプンカンになったのは否めません。

受話器をおくと、私はアキコに云いました。

——お母さんは？

——ちょっと買物で……。

——ふうん。それ、綺麗なキキョウですね。

——あら、これはテッセンよ。

——テッセン？　そんな花あったかなあ？　ところで、さっき通ったひとは誰ですか？

——さっき通ったひと？

知らばっくれちゃいかん、と私は思いました。しかし、あまり露骨でない程度に、彼女の心臓に変化を与えたらしい男を想い出させました。

——ああ、あの方……。彼女は何だかもじもじしました。ちょっと知った方。

——ふうん。

私は彼女がその男に、相当思召しがあると信ぜざるを得ませんでした。それにしても、まだ二十そこそこの彼女が、十以上も違う男に愛情を覚えるとは——私は彼女について考え方を変えねばならん、と思いました。しかし、こうも考えられるかもしれない。つまり、彼女とその男とは、単に会釈する程度の知合にすぎないのだ、と。が、自慢ではないが、私は相当に人間を見る眼を持っているのです。嘘ではありません。だから、私は私の確信に一向に訂正の必要を認めませんでした。

事実、それから二週間ばかり経った夜、私は私の確信を更に強める光景を目撃しました。その夜、私は悪友達とお酒を飲んで、おそくなってN駅で下車しました。月の明るい晩で、昼間は暑かったのですが、夜になると涼しく、と云うよりは冷え冷えするくらいの風が流れていました。駅近くの商店はもう殆ど店を閉めてしまっていて、駅前には屋台のソバ屋が白い湯気を盛んに立ちのぼらせていました。

——ソバでも食ってやろうか。

と歩きかけた私は、思わず立ち停まりました。一組の二人連れが駅を出て歩いて行くのを見たのです。その一人は間違いなく、アキコでした。男の方は、これも例の男に間違いないと思われました。

——成程。

と、私は思いました。何故、成程と思ったのか私にもよく判りません。二人は並んで歩いて行きました。男の方は青い背広なんか着込んで鞄を持っていました。アキコも鞄を持っていました。男は勤めの帰り、アキコは学校の帰り、どこかで待ち合わせて一緒に夜のひとときを過したものでしょう。私はこの発見に満足してソバを二杯平らげました。

翌日——それは日曜でしたが——私は花屋に電話をかけに行きました。が、電話は実は敵を欺くカムフラアジュでしたから、一分経たぬ裡に終りました。店には具合のいいことに、アキコ一人でした。

——いい天気ですね、と私は云いました。

――どうして、お宅に電話あるのに、うちにいらっしゃるの？

――それは秘密ですよ、と私は云いました。ところで昨夜はいい月でしたね。

――素適だったわ。

ちぇっ、と私は思いました。敵がそんな厚顔《あつかま》しい態度をとるなら、当方としても考えがある。私は笑って云いました。

――二人で歩くと、二倍ぐらい素適だろうな。

彼女は驚いて私の顔を見ました。私は彼女が昨夜おそく電車から降りるのを見たのだ、と教えてやりました。

――あら、と彼女は恥ずかしそうに云いました。じゃ、同じ電車でしたのね。

――そうらしいですね。

――昨日は用事があって親戚に行ったんですよ、そしたら、おそくなっちゃって……。

――ふうん。

下手な嘘をつくな、と私は思いました。他人はだまされても私はだまされない。私は彼女が一人の男に寄りそって歩いているのを見た、と告げました。

――ああ、あの方と電車で御一緒になったの。夜道でしょう、助かったわ。

私の見たところでは、彼女はどちらかと云うと純情で正直な娘と云うことになっていました。が、どうも私としたことが、大きな間違いを犯していたらしい。私に答える彼女の文句を聞いていると、彼女はその可愛らしい顔に似合わぬ図図しい女のようです。

――あのひとは、どこかにお勤めしてるんですか？

――ええ。

彼女の話だと、その男は某会社の貿易課にいるヤノと云う人物とか云うことでした。私はその人物について、もっと質問したいと思いました。が、遠慮して引き上げました。隣りですから、アキコにはちょいちょい会います。

そんなとき、私は彼女の恋愛がどの程度に進行しているか、ときどき打診することを忘れませんでした。

――どうですか？

――何がですの？

――何がって……。つまり、ヤノさんは元気かしら？

彼女は黙って私を見ました。私は少しばかり間誤つかざるを得ませんでした。彼女は妙な顔をすると云いました。

――何故、ヤノさんのこと、お訊きになるの？

——別に……。

私は閉口して退却しました。ところが、あるとき、ヤノ氏のことを訊ねると、彼女は悲しそうな顔で云いました。

——あの方、冷たいんですのよ。あたしの気持、ちっとも判らないの。

——へえ……。

私は意外な言葉に驚きました。彼女がそんなに率直に内幕を見せてくれるとは意外でした。

——冷たいって……このごろは、あんまり会わないんですか？

——ええ、ちっとも。

——そいつはいけないな。どこかへ誘ってくれないんですか、音楽会とか映画とか、サアカスとか……。

——サアカスなんて……。

——サアカスは面白いですよ。こないだ観たけれど……。

と云いかけて、私は話が横道にそれたのに気がつきました。

——電話をかけるといいですよ。

——電話を？

——どこそこで待ってると云えば簡単ですよ。

——でも、止めときますわ。ヤノさんがお困りになるもの……。

——そんなことはありませんよ、と私は力説しました。喜んでとんで来ますよ。

——そうかしら？

彼女は半信半疑の態でした。

私は考えました。彼女はやはり図図しい女ではなくて可憐な娘である。恋人のヤノ氏が冷たくなったのでこれまでのように白ばっくれたり厚顔しい態度をとったりすることも忘れてしまって、この私に内心の一端を吐露した。これは何とか手を貸してやらねばなるまい、と。

そこで私はある計画を立てると、早速実行に及びました。つまり、ある日、友人の家に行くと、友人の姉に頼んで某会社の貿易課のヤノ氏を呼び出して貰いました。

——もしもし、ヤノさんですの、こちら、アキコです。は？　アキコ……。

友人の姉が云っている傍で、私が低声で注意しました。

——花屋のアキコって云うんです。

——はあ、花屋のアキコです。

その結果、アキコは翌日の夕刻五時半、銀座のあるレストランでヤノ氏に会うことになりました。大事な話があると云う訳です。それから、夜になって——つまり夜まで友人の家にいたのですが——友人にヤノからだと云ってアキコに電話して貰いました。大事な話があるから、翌日の夕刻に銀座のレストランで会いたい、と。友人の話だとアキコはたいへん驚いていたらしい様子だったと云うことでした。冷たくなった男が急に電話して寄越したので、驚いたのはむりもありません。

実のところ、翌日の五時半、私もそのレストランに行ってみたい気がしました。二人の話を聞いてみたい気がしました。が、私が顔を出すのはまずい。そこで友人と二人、五時ごろからレストランの向い側の歩道に立って見ていました。五時十五分すぎ、例のヤノ氏が鞄を抱えてレストランの前までやって来ました。

——あれだ。

と、私は友人に教えました。友人は早速レストランの方に通りを渡って行くと店に這入って行きました。それから、二、三分してアキコが這入って行きました。私は近くのビヤホオルに這入ると友人を待ちました。予定より早く、三十分ばかり経つと友人がやって来ました。

——どうだった?

——ちぇっ、と友人は云いました。面白くもねえ。

友人は二人の傍のテエブルを占領して二人の様子を見たり、話を聞いたりする予定でした。ところがヤノ氏のあとについて這入ったところ、ヤノ氏の坐った席に近いテエブルは全部ふさがっているので、仕方がないから少し離れた席についた。そして食事を注文したと云うのです。すると、すぐアキコが這入って来てヤノ氏の席に行った。二人は顔を見合わせて笑って、アイスクリイムかなんかとって何か話し合ったと思ったら、たちまち出て行ってしまった。が、友人の方は食事を注文したのでそう簡単には行かない。

——折角のランチを残してまで、あとをつける義務はないからな。

友人はそう云いました。そう云う話なら止むを得ません。しかし、アキコは私の計画のおかげでヤノ氏に会えたのです。私はたいへんいいことをした気がして、友人の食事代もちゃんと払ってやりました。

その翌日——日曜日でしたが、私はアキコの様子を見ようと思って二階の私の部屋から降りようとしながら、庭ごしに路の方に眼をやりました。そして吃驚しました。路をヤノ氏が歩いていたのです。それだけなら何でもないのですが、彼は一人の女と二人の子供と一緒に歩いていたのです。その女は明らかにヤノ夫人らしく思われました。六、七才の女の子と、三、四才の男の子は、これまたヤノ氏の子供らしく思われる。

——驚いたな、と私は内心呟きました。アキコの恋人には女房も子供もあるのか。そうなると、アキコのために電話をかけたりしたことも、些か考え直さざるを得ない。

——変なことになったな、こいつは。

と呟いたら、二階へ上って来た母が、

——何をブツブツ云ってるの？

と、聞き咎めました。私は急いで階段を降りると、花屋へ行きました。例によって用のない電話をかけていると、アキコが店のなかから出て来ました。私は大急ぎで電話を切ると、アキコに云いました。

——どうですか？

——ええ、とアキコは笑いました。昨日ヤノさんに会いましたわ。

先手を打ちやがったな、と私は思いました。驚いたことに、彼女はつづけてこう云いました。

——いま、ヤノさん、うちの前お通りになったのよ。御家族づれで……。

私は呆れて黙っていました。すると彼女は知っていたのです。知っていながら、妻子のあるヤノ氏が好きになるとは、どう云うものだろうか？　私は彼女に、ヤノ氏と昨日はどこに行ったのか、と訊ねました。

——映画に行ったのよ。素敵だったわ。

それも俺のおかげなんだぞ、と云おうとして私は止めました。が、どうも面白くない気がするのは意外でした。それで私は云いました。

——映画なんてありふれてるな。やっぱりサアカスか動物園に行かなくちゃ……。

——そうかしら？

——そうですとも。

私は強調しました。

その夕方、私が二階に寝転って雑誌を見ていると母が電話だと云いました。出てみると、友人の一人Wからでした。ちょっと用事があるから、明日の夕刻銀座のある店で会いたいと云うのです。私は承知しました。

翌日の夕刻、私は約束の時間にその店——菓子店兼喫茶店になっているその店の二階に上って行きました。Wはまだ来ていない。私はひとつ空いているテエブルに坐って。珈琲を注文して煙草に火をつけました。途端に、私はひどく驚きました。と云うのは、ヤノ氏とアキコが二人で上って来たからです。アキコは私に気がつくと笑って近寄って来ました。

——あら、珍らしい方にお会いしたわ。

彼女はヤノ氏を私に紹介しました。ヤノ氏は何だか妙な笑顔で私を見ました。生憎、他に空いたテエブルがないので、私は二人に私のテエブルに坐ってもよろしいと云わねばなりませんでした。

——どなたか、お待ち合わせ？

——ええ、ちょっと、友だちと……。

——近い裡に、僕の妹が……これは関西にいるんですがね、その妹がこのアキコさんの兄さんの嫁になるんです。

ヤノ氏が不意にそう云いました。

——はあ？

私は面喰いました。

——おとといの電話には驚きましたよ。アキコさんと二人で考えてみてね、どうもこれはあんたらしいと云うことになりました。何しろ、あんたはわれわれ二人の仲を誤解しておられたらしいですね。最初、アキコさんからお話を聞いたときは笑いが止まらなかった。そこで策を授けたんです。

——策ですって？

——ええ、つまり、いかにもそうらしく見えるようにしたわけです。僕が冷たくなったとか何とか、彼女に云うようにすすめたんです。面白半分にね。

——呆れたなあ。

——呆れたのはこっちですよ。何しろ僕がアキコさんの恋人に見立てられたんですからね。しかし、あなたは一向に女性自身の心理は判っていませんな。そんなことじゃいかん。どうやら、彼女はひそかに僕じゃなくて、お隣りの息子さんに……。

——いやよ。

アキコが睨んだのでヤノ氏は立ち上りました。私は全くのところ、啞然として口がきけませんでした。人間を見る眼を持っているこの私が、何故そんな間違いをやらかしたのか、何とも訳が判りません。ヤノ氏は立ち上ると、アキコを置いてきぼりにするらしい様子でした。

——じゃ、お先に。

私がアキコに一緒に行かぬのか、と訊くとヤノ氏が云いました。

——礼儀正しい人間は、お返しをするものです。幾ら待っても友人は来ないでしょう。

そしてヤノ氏は行ってしまいました。何と云うことでしょう。友人Wからだと思った電話はヤノ氏の悪戯だったのです。何故Wと云う名を知っていたか？ それは赤電話で私が話すとき、しばしば出る名前なのでアキコが憶えていたのでした。そう云えばWにしては何だか声が変だと思いましたが……。

——驚いたなあ。

二、三分経って私はそう云うことが出来ました。アキコは恥ずかしそうに笑いました。どうも、彼女はやはり可憐な娘さんのようです。

——どうしますか？

私は訊ねました。すると、彼女が云いました。

——サアカス観に行きませんか？　それに動物園にも行きたいわ。

秋の湖

一

K駅で下車すると、私は駅前のちっぽけな広場に出た。広場は白く乾いていて、秋風が吹いていた。駅の近くに立っている大きな楡の木が風に葉を戦《そよ》がせていた。駅近くには、人影もあまり見当らなかった。

車でもあるかと思ったが、一向に見当らない。駅から湖畔までは一里ばかりある。しかし、天気はいいし、別に疲れてもいないから歩くことにした。軒の低い家が立ち並ぶ町のなかを通って行くと、画家らしい姿の私を物珍しそうに見る人もいた。N湖は避暑地として名が知られている。殊に外国人が沢山集る。しかし、いまは十月である。むろん、避暑客など引上げてしまっている。

小さな町を通り抜けると、林とか畑がつづく道になる。大きな林をひとつ抜けたところで、私は前方に一人の女を見つけた。

——はてな。

と、私は考えた。

女は私の前方百米ばかりのところを歩いて行く。後姿なのでよく判らないが、どうも土地の人間らしくない。私は歩調を早めると、女のあとを追った。

——……?

足音を聞きつけたらしく、女が振返った。

——失礼ですが……。

と、私は声をかけた。女は立ち停った。私は女の前に立った。二十七、八にはなっているかもしれない。しかし、なかなかの美人である。淡茶色の洋服の上に、グレイの厚手のカアディガンを羽織っている。手には大きな籠をもっていて、そのなかには買物包みがつめこんであった。葱の頭も見える。

——湖畔の方に行かれるんですか?

——ええ。

女は頷いた。

——この道を行けばいいんですか?

——ええ。一緒にいらっしゃるといいわ。絵描きさんですか?

——まあ、そうです。

私たちは並んで歩き出した。私はルック・サックを背負って画架とカンヴァスを持っている、誰だって画家と思うだろう。

——絵描きさんでもなきゃ、いまごろ、こんなところへ来るひとはいませんわ。

——いまごろ、湖畔に住んでるひとがいるとは思いませんでしたよ。

と、私は云った。

私は女に、湖畔で泊れる宿はあるかどうか訊ねた。私の予想では、もうどこも開いていないのではないか、と云う心配があった。が、幸いなことに、湖畔ホテルが開いているらしいと知って一安心した。

——やれやれ助かった、と私は云った。僕は誰もいなくなった避暑地が好きなんです。それで、ときどきぶらっと出かけます。

道が上りになって、大分上ったところに小さな商店街があった。商店街と云うよりは、店が少し塊っていると云った方がいい。しかし、避暑客相手の商店は何れも店を閉めていた。坂になった道を秋風だけが吹き抜けていた。

——お店がみんな閉めちゃったんで、買物がたいへんなんですよ。

と、女が云った。

——湖畔にひとりで住んでるんですか？

——ええ……。

と、云いかけて女は口を噤んだ。

私たちは大きな樹立の並ぶ下の小径を、湖の方へ降りて行った。樹立ごしに、湖が見えた。私が前にこの湖を見たのは、もう五、六年前の夏である。いま見る湖の色は冷たく碧い。湖畔に近い一軒の別荘の前で、女は立ち停った。

——ここで失礼します。ホテルへ行く道はお判りかしら?

——ええ、判ると思います。どうも……。

私はその別荘の入口に立っている立札を見た。ナンバア・五六、ステゲマンと横文字で書いてあった。そのとき、私は別荘の窓のカアテンの蔭に、何か人影が動くのを見たように思った。が、自信はなかった。

二

ホテルには客が一人いた。私がホテル——と云っても小さな御粗末な建物であるが——の玄関を入ったとき、その男は庭に面したロビイの椅子に凭れて、ぼんやり烟草をふかしていた。二十四、五の、少しきざな感じの若者である。その男は私を見ると、何やら警戒するらしい顔をした。

私は二階の一室を借りた。案内してくれたのは、給仕兼マネエジャア兼小使も勤めるらしい中年の人の好さそうな男であった。

——よく、開いていたな。

——ほんとは、とっくに閉めるところでしたが……。ずるずるとのびまして……。

と、給仕兼マネエジャアは云った。

——いま、下にいた客は長くいるの？

——はあ、もう一週間ばかり……。

——へえ、一週間も、どう云うつもりなんだろう？　よっぽどどこが気に入ったのかな？

——さあ、どう云うわけですか。

私は相手の掌に金をのせた。相手はそれを見ると、ちょっと驚いた顔をした。

——いいんだ、とっておきなさい。

少しやりすぎたかもしれない、と私は思った。が、私の懐の中には金が沢山入っていた。

——五六番のステゲマンと云う外人は、いつ引上げたの？

——さあ、いつでしたかしら……。どうも別荘の連中までは気がつきませんので……。

一人になると、私は窓から外を見た。窓は湖に向って開いていた。樹立ごしに、湖が見えた。私はスケッチ・ブックを持つと階下へ降りた。若い男はまだ椅子に凭れていた。

私はホテルを出ると、湖畔まで歩いた。それから、別荘のあいだを縫う小径を辿って行った。別荘はみんな閉っていた。みんな、ひっそり静まり返っていた。ただ、木の葉が風に鳴る音しか聞えなかった。

私はひとまわりすると、五六番の別荘が見降せる小径の外れに腰を降して、スケッチ・ブックを開いた。それから、スケッチを始めた。

——……?

振返ると、一人の若い女が私の背後に立って、スケッチ・ブックを覗きこんでいた。年は十八、九ぐらいらしい。すらりとした綺麗な娘である。いまどき、スケッチなんかしている人間がいるので、ひどく驚いているらしかった。

——驚いたなあ、と私も驚いてみせた。いまごろ、あなたのようなひとがいるなんて。もう誰も住んでいないと思ってたんです。

私は話しやすいように、手を動かしながら喋った。

——そう、もう別荘はみんな空っぽですわ。あなたは絵描きさん?

——まあ、そんなものです。

——どこに、お泊りなの?

——湖畔ホテルです。

——それじゃ……。と彼女は云った。今日いらした方ね。駅の方から歩いていらしたんでしょう？

——そうです。

——ああ、そうなのね、サワさんが云ってたのは、あなたなのね。

——サワさん？

——ええ、あたしと一緒にいるひと。

——成程、五六番、ステゲマンの別荘ですね？

振返ると、彼女は黙って頷いた。

——もう長くいるんですか？

——半月ぐらい……。

と云いかけて娘は口を噤んだ。

——驚いたな、と私は云った。いまどき、ここのホテルに客なんかいないと思ったら、一人先客がありましたよ。知っていますか？

私は娘の顔を見つめた。彼女は急いで首を振った。しかし、私は彼女が例の男を知っている、と確信した。娘は——じゃ、と云うとたちまち行ってしまった。

もっといてくれればいいのに、と私は思った。それからスケッチ・ブックを閉じると立ち上った。

三

夜、私はある物音に気づいた。時計を見ると、十一時すぎていた。私はじっと耳をすました。二階の部屋のひとつの扉が開く音がした。廊下を誰かが静かに歩いていた。誰かが――と云っても私の他には、例の客一人しかいないから、その男に違いなかった。ホテルはもうすっかり静まり返っていた。足音は廊下の外れまで行くと、掛金を外す音がして、ヴェランダに通じる扉が開く音が聞こえた。ヴェランダには階段がついていて、庭に降りられるようになっている。つまり、玄関を通らずに、外へ出られるのである。

私は窓から外を見た。ホテル一帯は真暗であった。ただ、ホテルの玄関の近くに立っている電柱の裸電燈の灯ひとつしかない。その電燈の暗い光のなかを、例の若い男が素早く横切るのが見えた。

――どこへ行くのだろう？

私は好奇心を覚えた。そこで、私も足音を忍ばせて彼のあとをつけることにした。路に出ると、私は前方をすかして見た。闇のなかに、人影らしいものがぼんやり見えた。左へ行くと別荘地で、右へ行くと湖畔ぞいの低い山に入る。驚いたことに、人影は左へは行かなかった。右の方に歩いて行った。

すると、前方に丸い光の輪が見えた。懐中電燈の光だと判った。

――……？

誰かがいた。山道に入ったので、闇は一層濃くなった。私は前方の人間が二人になったのを知った。話声が聞えた。一人は女の声であった。

――成程、逢びきと云うわけか。

私は内心呟《つぶや》いた。

懐中電燈の光がくるりとまわった。と思うと、左手の一軒の別荘の入口を照らした。山の方には別荘は極く僅かしかない。二人はその別荘の裏口の方にまわった。扉の開く音がして、別荘に灯がともった。

――うまいことを考えたな。

と、私は思った。別荘の住人が引き上げてしまった留守を利用して、密会の場所としているのである。人に知られる心配は、まず絶対にないと云ってよかろう。別荘地の方だって誰も残っていない。まして、山の方には、昼間だって来る人間はまずあるまい。

私は用心して、その別荘に近づくと耳をすました。男と女の声がした。

——早く何とかしろよ。いつまで……。

男が云った。

——判ってるわよ、と女の声がした。でも何だか……。可哀想だから……。

——そいつは聞きあきたよ。もう一週間になるんだぜ。今朝速達が来て、神戸の方はうまく行ったそうだ。もういつでもいいんだ。

——そうね、それじゃ……。

女の声は、私が湖畔まで一緒に歩いた女——つまりサワの声であった。私はことに、それが例の若い女の声でなかったので、ほっとした。

私は別荘を離れると、ホテルに戻って来た。ヴェランダから自分の部屋に入ると、ベッドに入った。どのくらい経ったか覚えていない。男が帰って来たらしいかすかな音がした。それから、私はぐっすり眠った。

四

翌日もいい天気で、やはり秋風が吹いていた。私は画架とカンヴァスと絵具箱をかついで、ホテルを出た。ホテルのロビイには、若い男がいて、給仕の男と話していた。

——明日発つから……勘定しといてくれ。

と、男は云っていた。

——はあ、どうも。何時ごろ、お発ちになります？

——明日の朝早くだ。

私は五六番の別荘に寄って見た。サワはいないらしくて、娘が顔を出した。私は絵を描きに行くんだが、一緒に行かないかと誘った。娘はちょっと躊躇した。が、結局承知した。

私は彼女と一緒に、別荘地と反対の山の方に歩いて行った。暫く行くと、左手に一軒別荘があった。昨夜、二人の男女が忍びこんだのはここだな、と私は思った。

——この別荘、知ってる？

——いいえ。

娘は不思議そうに首を振った。別荘の少し先は高い切り立った崖になっていて、下の方に湖が見えた。眼がくらむような気がした。

私は別荘の近くに画架を立てると、娘にモデルになってくれと頼んだ。彼女は面喰らったらしかった。私は彼女を切株のひとつに坐らせると、絵具箱を開いた。そして、筆を動かしながら話しかけた。

——こんな話があるんです。一人の娘さんが家出をした。あ、動いちゃ駄目だ。じっとして聞いて下さい。理由は二度目の若い母親と、うまく行かなかったかららしい。

娘は蒼い顔をして、私を見つめた。

——ところが、その娘さんは家出するとき、家にあった莫大な値打の宝石類を持出してしまった。金を目あてに結婚した二度目の若い母に思い知らせるつもりだったらしい。しかし、実際のところは、その母親は金が目あてではない。本当にその娘の父親を愛している。父親もその女を愛している。

——嘘だわ。

と、突然、娘が叫んだ。

——いや、嘘じゃない、と私は笑った。しかし、それはどうでもいい、ともかく、その娘がそう思うようになったのは、娘の家にいた女中の一人が娘にそう思わせるような話をしたからだ。その女中はまもなくやめた。殆ど同じころ、娘も家出した。女中を頼って家出したらしい。その女中は前に、あるアメリカ人の家のメイドをしていた。それで、そのアメリカ人に頼みこんで、彼はなくなった別荘を借りることに成功した。そして娘をつれてそこに入りこんだ。そこなら、娘の行方も当分判らなくてすむ……。

娘は私を見つめていた。

——何故、そうしたか？　目的は宝石だ。娘の父母は警察にも連絡した。他にも捜査を依頼した。が、内密にやるので一向に捗らない。宝石のために、娘の身に万一のことがあるのを怖れて大っぴらにやれないのです。その女中には男がいるらしい。悪い男がついているらしい。

——嘘よ。サワさんはいいひとだわ。

——成程、サワさんですか。すると、あなたは誰だろう？　まあいい、その女中は別荘に来て暫くすると、男を呼び寄せた。男は別荘の近くのホテルに泊った。ところが、宝石の行方が判らない。娘は確かに持って出たのに、女中が幾ら探しても見つからない。男も女も焦って来た。ところが、男は明日発つらしい。とすると……。

と、私は娘の顔を見た。

——何か非常手段に出るらしい。娘の身に危険が迫ったと考えなくちゃならない。

——嘘だわ、あなたは誰？

——僕は絵描きです、と私は笑った。

それから、私は声を低めて云った。

——宝石はどこにあるんです？

——知らないわ。

——それじゃ仕方がない、と私は云った。昨夜、僕はこの別荘でサワさんがあの男と会うのを見ました。二人の話も聞いた。

娘は顔を硬ばらせた。そして、そっと別荘の方を盗み見た。とても信じられぬと云う顔であった。

——これは嘘じゃありません。しかし、あなたは信用しないかもしれない。それはやむを得ない。ただ、これだけは云っておきます。いいですか？　女中か、あの男が宝石のありかを訊ねても、決して教えてはいけない。

娘は黙っていた。

——その替り、こう云うんです。七時にこの別荘の前で渡すって。判ります？

娘は相変わらず黙っていた。怒っているようなその顔は、たいへん綺麗に見えた。

——多分、受けとりに来るのは、男だ。しかし、あなたは来なくていい。明日の朝六時に、裏道を通ってホテルの裏手の別荘の庭に来るんです。あのバルコニィのついた青い屋根の別荘だ。判りますか？　この別荘には、僕が替りに来て話をつけます。

私はその話を二度繰返した。

——何故、そんな話をなさるの？

——何故？

私は少しばかり間誤ついた。君のいまのお母さんは、僕がかつてひそかに好きだったひとだ、と告白したら娘はどんな顔をするだろう？　と私は考えた。君のお母さんはいいひとなのだ、それを理解しなくちゃいけない、と私は云いたかった。が、そうは云わずに、私は笑った。

——多分、あなたが好きになったからだろう。

娘はぴくりと私を見た。それから、走り出した。その背後から私は呼びかけた。

——忘れちゃいけませんよ。

ホテルに戻ると、私は給仕の男から例の若者が明日の朝早く発つと云う話を聞いた。一体、サワと若者は娘に何と持ちかけるだろう？　私には判らなかった。しかし、明日の朝と云っておけば、彼らも一応そのつもりにはなるだろう。危険はないだろう。

五

翌朝早く、私はホテルを抜け出ると裏手の別荘に行った。バルコニイのある青い屋根の別荘で、ホテルが見降せた。私は焦焦しながら待っていた。六時に裏道から娘が姿を現したとき、私は大きく安堵の溜息をついた。娘は私の傍に小走りに駆け寄った。そして、私の手に重い小さな袋を落した。

——これ、宝石。でも、あたし要らないわ。怖かったわ。昨夜、脅かされたもの。あなたのお話本当だったわ……。

——僕の云った通りにしましたね？

娘は頷いた。

——どこにかくしておいたんですか？

彼女は私の顔を見つめた。それから、五六番の別荘の上の、大きな木のうつろになっている穴にかくしておいたのだ、と云った。何故そんなところにかくしたのだろう？　あるいは、本能的にやったことかもしれない。

ホテルから、例の男が出て行くのが見えた。小さなバッグをひとつ提げている。ホテルでは、その男は出発して、家に戻るのだと思っているだろう。また、私が抜け出したことも知らないだろう。

——ここで待ってるんです。

と私は娘に云った。

——すぐ戻ってくる。この宝石は大事に持ってなくちゃ駄目だ。

私は娘の手に袋を渡すと、裏道を通って行くことにした。それから、林のなかを抜けると、湖畔の道に出た。山の別荘の見えるところまで行くと、男が裏手から顔を出した。そして私を見ると、ひどく驚いたらしかった。

——こんなとこで何してるんです？

私は男の方に歩いて行った。男は黙っていた。それから、私に訊ねた。

——何だって、こんなところをうろついてるんだ？

——いや、実は話があってね。

私は男と向いあって立った。

六

三十分ばかりのち、私はホテルの上の青い屋根の別荘の庭に戻った。誰にも会わなかった。娘は私を見ると、驚いたことに私の腕にしがみついた。

——すみましたよ。

と私は云った。

——もう心配することはない。サワさんには、男に会って宝石を渡したと云うんです。男は宝石を独り占めしたくて、あの女に置いてきぼりを喰わせたと云うことになる。あの女は怒るだろうな。

——それで、あの男はどうしたの？

——さあ、どこへ行ったことやら……。

私は苦笑した。

天国へ行ったか地獄へ行ったかは知らない。しかし、ナイフを振りまわされては私も防衛上、転っていた棒で相手を殴らざるを得ない。打ちどころが悪くて相手がのびても、私の知ったことではない。仕方がないから、眼のくらむような高い崖から湖に落してしまう他はない。むろん、バッグもナイフも一緒に。湖のこの辺は、来年の夏までひとが来ない。

しかし、考え方を替えて、もし娘が宝石を渡しに行っていたらどうなるか？　あるいは、あの男が彼女を崖の下につき落したかもしれないだろう。

——さあ、一遍帰った方がいい。あとはサワさんがどうするか見物しよう。

娘は私を見つめると、驚いたことに私の頬ぺたに接吻した。それから、たちまち消えてしまった。

私は呆気にとられて、彼女が置き忘れた宝石の袋を拾いあげた。

私とユミコ——は娘だが——は五六番、ステゲマンの別荘の広い部屋に坐って湖を見ていた。

サワはユミコの話を聞くと、早速、とび出して行ったらしい。むろん、出発の用意をしていたのである。あるいは、ユミコが生きて戻って来たので、驚き慌てたのかもしれない。当分のあいだ、彼女は例の若者の行方を追って苦労することだろう。

——あなたも、もう家に帰った方がいい。

私はユミコに云った。

——ええ。でも、あなたの絵が……。

——いや、僕も帰ります、と私は笑った。絵なんかどうでもいいんだ。偽絵描きだからね。

彼女は湖の方を見ていた。

——あなたって、案外、ひとが悪いのかもしれないわ。

——そんなことはない。

——でも、あたしは……。

彼女は黙った。

私は彼女の云おうとして云わなかった言葉が判る気がした。判る気がすると、妙に感動した。

私は黙って湖を見ていた。

湖の上を風が渡って、湖には波が立っていた。そしてその秋風は別荘の四囲の樹立の葉を騒がせ、ぱらぱらと舞わせて落したりした。

秋が私たちを包み、私たちは秋のなかにいた。

——ひとが悪くても、いいわ。

彼女の小さな声が聞えた。すると、妙なことにそれも秋の声のように聞えた。

収録作品解題

I

モヤシ君殊勲ノオト

初出：「高校時代」（旺文社）一九五八年九月〜一九五九年一月

絵：岩井泰三

○連載初回の第一話冒頭には、顔写真とともに著者の略歴文が掲載されている（次頁図参照）。

略歴：本名小沼求《〔ママ〕》（はじめ）。大正7年生れ。早稲田大学助教授。専門の英文学のかたわら小説も執筆。「村のエトランジェ」で芥川賞《〔ママ〕》受賞。推理小説にも軽妙な筆を揮う。

○各話の冒頭にはリード文が付され、また第一話を除く毎号に、「登場人物のプロフィル」と題する人物紹介が掲載されている。

（第一話）

冒頭：学園にも犯罪は起る！もっさりハイティーン〝モヤシ君〟は次々に難事件を解決……

（第二話）

冒頭：深夜にアパートの階段を降りる男を望遠鏡はとらえた。〝モヤシ君〟の推理は？……

登場人物のプロフィル：

◇モヤシ君ことワダ・マモル＝東京にあるQ学園高等学校二年生。たいへんやせっぽちで背は高からず低からず、近眼でめがねをかけていて、少し猫背気味である。／前号では友人のヤジマ・タカオのところへ脅迫状を送ってきた犯人をみごとつかまえて、探偵趣味を発揮しだした。

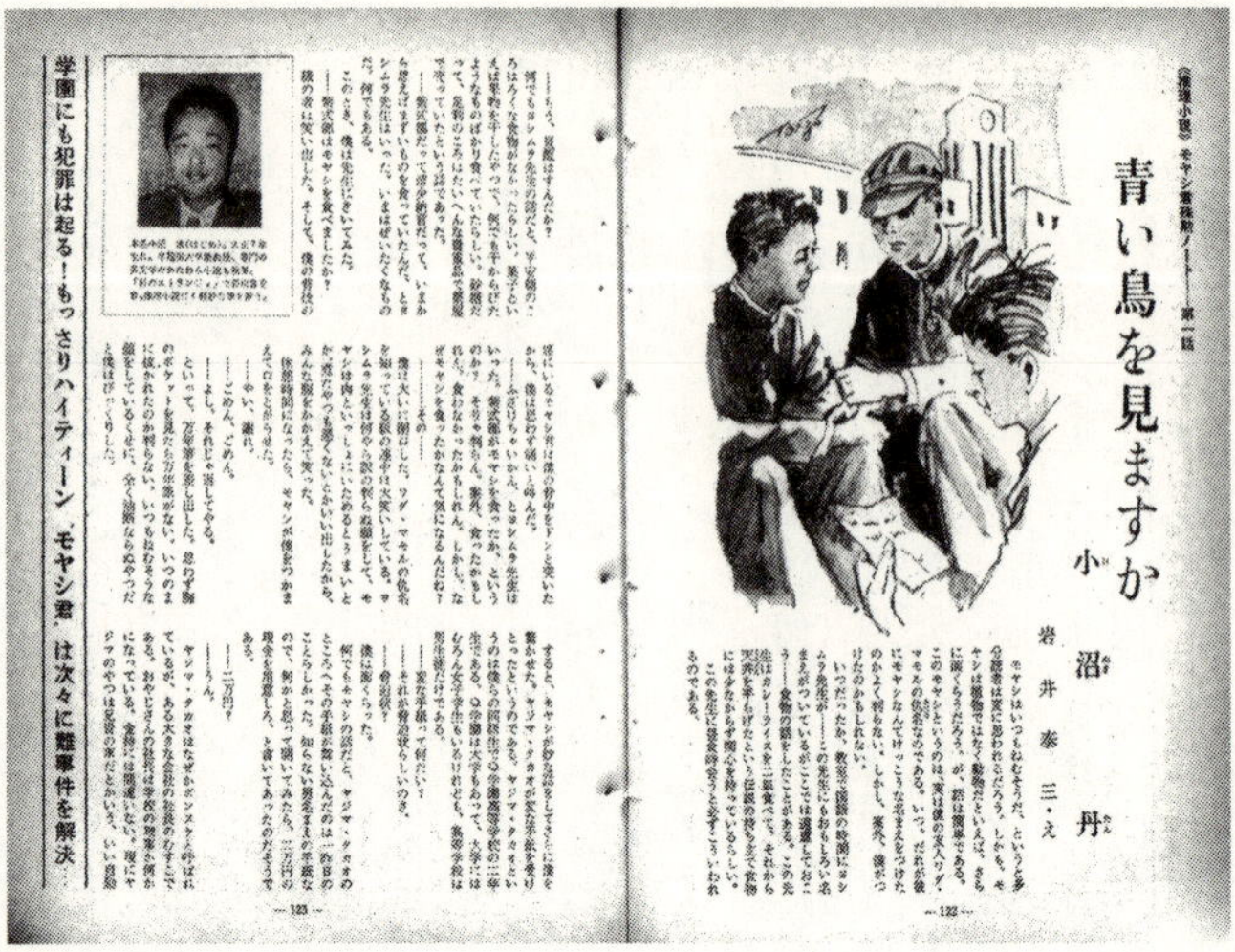
〈推理小説〉モヤシ君殊勲ノート——第一話

青い鳥を見ますか

小沼丹

岩井泰三・え

学園にも犯罪は起る！もっさりハイティーン"モヤシ君"は次々に難事件を解決…

第一話「青い鳥を見ますか」冒頭より

◇僕＝モヤシの親友。モヤシと一緒に次々にへんてこな事件にまきこまれる。

（第三話）

冒頭：モヤシ君たちが見送ったクリーム色の車は、左へカーブする崖の上からてんらくした……

登場人物のプロフィル：

◇モヤシ君ことワダ・マモル＝〔第一段落前同〕／脅迫状事件、アパート殺人事件を見事に解決して、"ヘエー、あのモッサリしたモヤシが"と友人たちを驚かせている。

◇僕＝モヤシの親友。鋭いモヤシの頭の回転について行けず、目をパチクリさせることが多い。

（第四話）

冒頭：バカのサン公は青いシャツの男を水中に投げ込んだ。しかし、彼は何も知らないという……

登場人物のプロフィル：

◇モヤシ君ことワダ・マモル＝〔第一段落前同〕／もっさりした外見に似ず、奇妙なヒントから脅迫状事件・アパート殺人事件・ドライブウェイ殺人事件などを次々に解決してきた。
◇僕＝〔第三話と同〕
（最終話）
冒頭：確かに手渡したのに「受取らぬ」という。
夕暮れの街路樹の魔力か？　S＝Xの方程式は
……
登場人物のプロフィル：
◇モヤシ君ことワダ・マモル＝〔第一段落前同〕
／ところが、推理する能力は天才的。アパート殺
人事件・ドライブウェイ殺人事件・白痴殺人事件
などを次々に解決してきた。
◇僕＝〔第三話・第四話と同〕

II

春風コンビお手柄帳
初出：「中学時代　三年生」（旺文社）一九六一年
四月〜八月
絵：柳淑郎

読切連載
春風コンビお手柄帳 1
消えた時計
小沼丹
え 柳淑郎
ナカムラ君
さてその事件とは
作者のことば

第一話「消えた時計」冒頭より

○連載初回の第一話冒頭には、著者の顔写真とともに次の言葉が掲載されている（前頁図参照）。

作者のことば：僕はここに、何人かの中学生に登場してもらいました。ひとりはシンスケ君といって、やせっぽっちのくせに、自分ではスマートだと思っています。シンスケ君のお隣りにユキコさんという女学生が住んでいます。おさげ髪の茶目でかわいらしい女生徒ですが、どうもたいへん名探偵らしい。たぶん、これからシンスケ君は、ユキコさんの名探偵ぶりを紹介してくれるらしいのですが、はたしてうまくやってくれるかどうか、僕もなんだかしんぱいです。また、シンスケ君はユキコさんに頭が上がらないくせに、にくめないなんていっている。これもちょっと気になります。ともかくこの連中が諸君のいい友だちになれますように

○第一話のみ末尾に次号へのコピー文が付され、また第一話を除く毎号に、「春風コンビ紹介」と題する人物紹介が掲載されている。

（第一話）

末尾：第一回はめでたし　めでたし。さて次号ではどんな活躍を……

（第二話）

春風コンビ紹介：〔第一話「作者のことば」とほぼ同〕

（第三話）

春風コンビ紹介：シンスケ君はやせっぽっちのくせに自分ではスマートだと思っています。シンスケ君のお隣りにユキコさんという女学生が住んでいます。おさげ髪の茶目でかわいらしい女生徒ですが、前号までの調子でいくと、どうもたいへんな名探偵らしい。たぶん、これからもシンスケ君は、ユキコさんの名探偵ぶりを紹介してくれるらしいのです。が、はたして先月同様うまくやってくれるかどうか。／また、シンスケ君は事件ごとに、いいところまで推理していくのですが、最後はユキコさんに名をなさせてしまう。こんどこそとハリキッたのですが、また……。

（第四話）

春風コンビ紹介：シンスケ君とユキコさんの家は、隣り同志です。学校は違うけれども、ふたりとも中学生です。／ふたりはたいへん仲がいいが、どうも頭のほうはユキコさんのほうが少しばかり上等のようで、シンスケ君もその点は、残念に思いながらも認めている様子です。シンスケ君はやせっぽっちの男の子ですが、ユキコさんはお下げの茶目で可愛らしい女の子です。／ところが、このユキコさんはどうやらなかなかの名探偵らしく、シンスケ君がいくら頭をひねっても、ユキコさんには太刀打ちできそうもありません。いつも、ユキコさんの話を聞いては、なるほどと感心する始末です。もう少しシンスケ君も活躍してくれるといいのですが、こればかりは何ともしかたがありません。

（第五話）

春風コンビ紹介：〔第四話と同〕

Ⅲ

窓の少女

初出：「ジュニアそれいゆ」（ひまわり社）一九五八年九月

演出：中原淳一

出演者：僕＝佐野安正、ナカ＝酒井通雄、伯父＝児玉一男、少女＝田村まゆみ

○掲載誌「ジュニアそれいゆ」および姉妹誌「それいゆ」では一九五七年～六〇年頃、「写真物語」と題し、書き下ろし小説に、中原淳一演出による映画スチル風の写真を組み合わせるシリーズ企画が行われており、その一環として発表された（次頁図参照）。

霧

初出：「それいゆ」（ひまわり社）一九五九年二月

演出：中原淳一

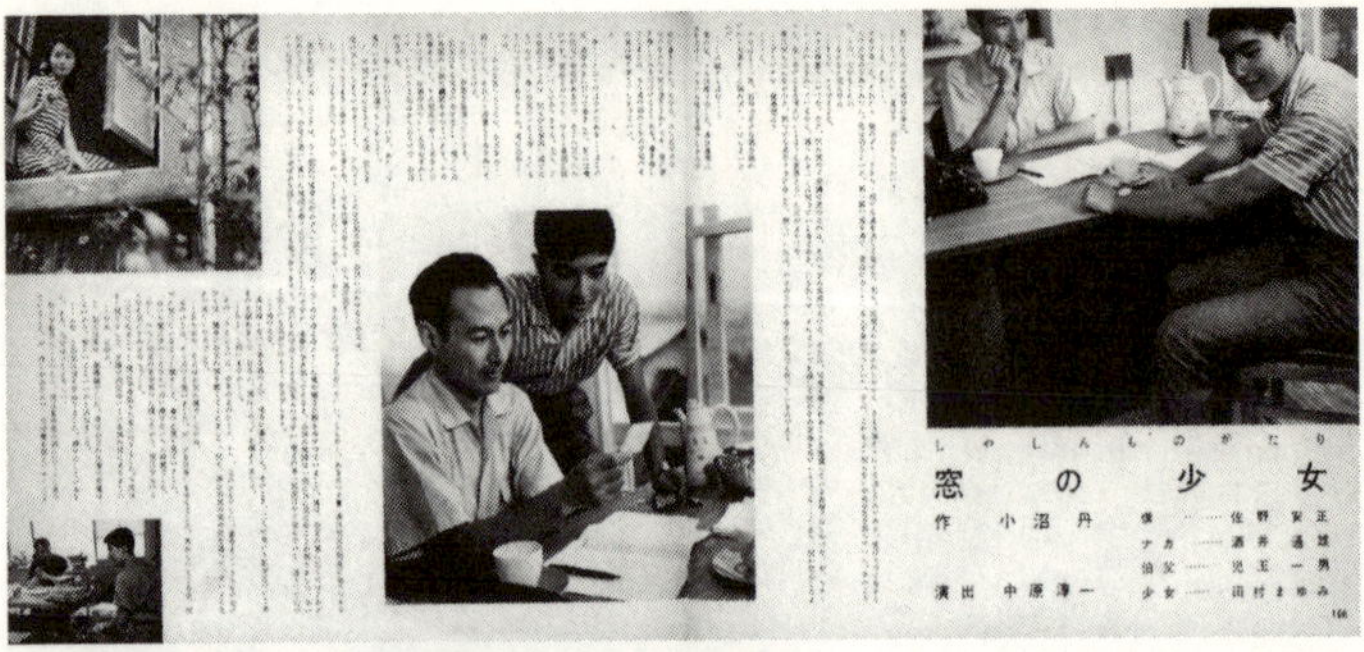

しゃしんものがたり

窓の少女

作　小沼丹

演出　中原淳一

僕……佐野安王
ナカ……酒井通雄
伯父……児玉一男
少女……田村まゆみ

166

171

「窓の少女」より

出演：鈴木浩暢
〇前出「窓の少女」と同じく、「写真物語」企画の一環として発表された（左図参照）。

「霧」冒頭より

夏の『思い出《スウベニイル》』
初出：「女学生の友」（小学館）一九五九年八月
絵：丸山ひでゆき
冒頭：だれもいない別荘から流れてくるバイオリンのメロディーそこには、清らかな夏の思い出がひめられていた――

赤い電話
初出：「電信電話」（日本電信電話公社総裁室広報部）一九六〇年八月
絵：内田武夫

秋の湖
初出：「女性の記録」（双葉社）一九六一年十一月十日
絵：下高原健二
冒頭：私たちは湖を見下ろしていた。少女の眸は美しく、その小さな声に私は妙に感動した。

読切小説

『夏の思い出《スーベニール》』

小沼《おぬま》丹《たん》

丸山ひでゆき・え

だれもいない別荘から流れてくるバイオリンのメロディーそこには、清らかな夏の思い出がひめられていた――

「夏の『思い出』」冒頭より

―小　説―

赤い電話

小沼　丹

内田武夫・え

（50）

「赤い電話」冒頭より

巻末エッセイ

春風は吹いていたか

北村　薫

1

五十年近く前、NHKラジオで「国語研究」という番組をやっていた。井伏鱒二の『黒い雨』を語る回があり、ゲストは小沼丹だった。その録音テープを持っている者など、今となっては、まあ、いないだろう――と書き出せば見当がつくだろうが、わたしは持っている。

庄野潤三作『つむぎ唄』に登場する英文科の先生大原は、小沼丹に《どことなく似ている》そうだ。友人である阪田寛夫が、そういっている。なるほど、《大》は《小》に、《原》は《沼》に対応しなくもない。大原の口ぐせは《よけいなこと云うな》である。しかし、ラジオでフェリス女学院大学生にインタビューされる小沼丹は機嫌がいい。そんな失礼なことはいわない。

編んで小熊の人形を作るとよさそうな太めの茶色の毛糸がちょっと縮れたような、親しみやすい声で、小沼は敬愛する井伏鱒二について語る。内容の方は『清水町先生』で書き尽くされているが、こちらは生の語りだ。ちょっと話しては嬉しそうに笑う。『清水町先生』といえば、小沼はその結びに、河上徹太郎の「井伏文学は悲しみの文学です」という言葉を引いた。古いテープから流れる、師を語る言葉は明るく楽しげだが、小沼の目は井伏作品という川の底に《悲しみ》という底を見ていたのだろう。

今、小沼の本領とされるのは《大寺さん》ものといわれる後期の私小説だ。だが、前期の、登場人物名がカタカナで書かれていた頃の作も、窓から魅惑的な空を見るような印象を残す。作られた物語に小沼はやがて興味を失うわけだが、例えば『黒いハンカチ』のヒロイン《ニシ・アヅマ》は、忘れ難い。それは彼女の像が悲しみに裏打ちされているからだろう。《ニシ・アヅマ》が仮に《西》と《東》だとしたら――それは《東》のうちに《吾妻》と呼ばれ得たかも知れない、という思いを含むようにも思える（一九五八年の単行本『黒いハンカチ』は新かなだが《アヅマ》となっている。創元推理文庫版が《アズマ》としたのは理解できる。だが、固有名詞であることを考えると、他の版と同じく《アヅマ》のままにしておくのも味がある）が――、直木賞候補作となった『二人の男』が《サカ》と《シマ》であるのも、偶然ではないかも知れない。ドッペルゲンガー的位置関係に置かれる彼の名を、続けて読めば《さかしま》――つまり、《さかさま》のゆかしい呼び方となる。

後期の作のみを愛する方は眉を寄せられるかも知れないが、こういった軽やかな遊戯性もまた、小沼の――といって悪ければ、若き小沼の本質のひとつなのだ。

とするとわたしの行き過ぎた妄想は、小沼丹という筆名にも及ぶ。それを《オヌマ・タン》ではなく、ふと《オヌ・マタン》と切りたくなる。《マタン》は、フランス語の《朝》である。そして、小沼が若き日愛読した作家の一人であるフィリップには、パリの新聞「ル・マタン」に発表された『朝のコント』がある。

勿論、わたしは筆名がここから来ているなどと無茶をいうわけではない。こういう響き合いの面白さを楽しんでいるのだ。フィリップは、昔広く読まれた。宇野重吉（も昔の人になってしまった。かつては何の説明もいらない劇界の重鎮だった。寺尾聰の父親である……）は、朗読の集まりでフィリップの短編を読み、三巻の全集を買い、肖像を切り取って額にいれ、部屋にかけたという。

わたしはといえば、子供の本で読んだ印象深い短編が彼のものであることを、大学生の頃、岩波文庫で読んだ『小さき町にて』で知った。

小沼の「懐中時計」の中には、《僕は、昔読んだフィリップの「手紙」のなかに、海泡石のパイプを自慢している箇所があったのを想い出した》という一節がある。ところが「手紙」という短編は、フィリップの作品集『小さき町にて』や『朝のコント』を開いても見つからない。実は、このくだりは書簡集『若き日の手紙』の中にある。海泡石のそれで喫むと《とてもよくて僕は白耳義《ベルギー》煙草をふかしてゐるやうな気持になるのだ。しつくりと手に合ふそのパイプを握りながら夢想に耽るのはすてきな気持だ。吐き出す煙の一かたまりごとに、一つの思想が生れるかのやうな気がする。》（鈴木健郎訳・岩波文庫）

後期の《大寺さん》が思い起こすには、小説よりもこちらの方がふさわしい。

一方、小沼の初期作品には、チェーホフやフィリップが新聞に書いていたコントに通ずるところがある。そしてまた『不思議なソオダ水』を読むと、理屈抜きに感じてしまう、いわゆる《モダン》な味がある。タイトルが作品であり、本文がその説明であるような、この物語のページをめくりつつ、読者は思うに違いない。

——『新青年』！

と。

前期と後期の感触の違いは明らかで、小澤書店版『小沼丹作品集』、未知谷版『小沼丹全集』が、短編集『懐中時計』から昭和三十年、三十一年の作品「エヂプトの涙壺」「断崖」「砂丘」をはずし、初めの巻に移したのも、よく分かる。

ところで、『黒いハンカチ』に続く、小沼のミステリ短編集が企画されるとしたら、推理小説専門誌『宝石』や『推理ストーリー』に発表された作を中心に、機械的にまとめてよいだろうか。それでは、小沼の作品集として、いかにも寂しいものになってしまう。坂口安吾の場合でも最も優れたミステリ短編は、全集の、推理小説の巻以外にあった。

小沼なら、少なくともこれら「エヂプトの涙壺」「断崖」「砂丘」などから「村のエトランジェ」「二人の男」まで、編者の目に入っていなければならない。

守備範囲を決めた読書は貧しいものだ。宝貝は、それぞれの海に眠っている。

2

さて、小沼丹の未刊行小説が読めるようになった。まさに、生きててよかった——というところだ。本巻はその『推理篇』である。

小沼は「型録漫録」の中で、大学のテキストとして何がよいか悩んでいる。《ハアディ》は読んで面白くても、《何とも廻り冗《くど》い表現》が授業に向かない。《マンスフヰイルド》も《ニユアンスが逃げてしま》う。《モオム》も《やはり教場向きじゃないだろう》。

そんな彼が、大学で使っていたテキストは何か。小澤書店の『小沼丹作品集』に寄せた三浦哲郎の「素顔・横顔」によれば、ブラウン神父ものだった。

文学部の近くの喫茶店で女子学生が話していたという。

「チェスタートンの先生、今月三つも書いてるでしょう。夏休み中、頑張ったのね」

三浦はそこで初めて、小沼救《はじめ》教授が作家小沼丹だと知り、驚いたそうだ。『黒いハンカチ』の、そして、この本に収められた作品の著者にふさわしいエピソードではないか。

読者としては、『春風コンビお手柄帳』などという題名を見ただけで、口元が揺るんでしまう。『モヤシ君殊勲ノオト』の第一回で、《ワダ・マモル》や《ヤジマ・タカオ》というカタカナ名前を見ると、

——やってる、やってる。

と、声をあげてしまう。

そしてこの短編を読み進めば、「青い鳥を見ますか?」と声がかかる。ここなど、まさに小沼調のゾクリとするところである。

これ以上、内容について書くのは避けたい。それは、作品そのものが語る。ただ『春風コンビお手柄帳』の「消えた猫」だけには一言したい。(未読の方は、ご注意願いたい)

これはつらかった。

小沼には、猫が重要な役割を果たす小説がある。だが、いわゆる猫派ではなかったのだろう。ここでの《タマコさん》の運命は、わたしには耐えられない。だからこそ、通り一遍の

ミステリを越えたおそるべき作になっているともいえる。だがわたしには、二度は読めない。《ユキコさん》は真相を語るところで《少し気持ち悪いけど》という。その《少し》にぞっとする。《モリタさん》は勿論、《ユキコさん》も、そしてこう書く小沼も、やはりおそろしい。

《春風》ミステリならどう処理するところか。明らかなことだ。《女中さん》が過失で猫を殺したのである。食べさせてはいけないものを食べさせたか、タオルの下などで寝ていたのを誤って踏んだのか。そこで《モリタさん》が植木の穴を掘り始めた。この一手である。これでもつらい話だが、『お手柄帳』の世界は壊れない。

だが小沼は、そうしない。春風などここに吹いてはいない。《モリタさん》には、今も昔も新聞の社会面を開けば会える。小沼は現実の暗い深淵を見せつける。やはり、ひと筋縄ではいかない書き手である。

《ユキコさん》の《少し》は、例えば『竹取物語』で、石上《いそのかみ》の中納言の、客観的には滑稽で主観的には悲惨極まる死を知ったかぐや姫の、《すこし》を思わせる。『竹取』ではそれが、《あはれとおぼしけり》の上に置かれる。

そう思えば、これは《モヤシ君》にはふさわしくない言葉だ。昭和三十年代に窓辺でマンドリンを鳴らしている、地上から少し浮いたところにいる、怜悧な少女の口にこそ似合う。

感情とのこの距離感は、実は小沼的なものだ。後期の《大寺さん》という視点の発見も、それによって深いところに行く書き方もそういう個性によるものだ。

「窓の少女」に続く諸作では、別荘や季節の移ろいといった要素が、物語と読み手との間に感傷的な距離を生む。

「夏の『思い出』」に流れるドルドラの曲が、すぐに浮かぶ人は、今、どれほどいるだろうか。わたしには懐かしい旋律だ。母が女学校のレコード鑑賞で聴いたといっていた。美しい曲だといっていた。遠い日、友達とそう語り合ったのだろう。

わたしは中学生の時、そのドーナツ盤を買った。弾いていたのはクリスチャン・フェラスだったと思う。自分でも聴きたかったし、何より母に聴かせたかった。幻の調べは、小さなレコード・プレーヤーからよみがえった。

そのように、昔の人々の心に残っていた曲なのだ。二十一世紀の今、『思い出』の調べも遠いものとなっている。

町の書店に、ごく普通に岩波文庫や新潮文庫のフィリップが並び、レコード屋を探せば『思い出』のあった時代そのものが、遠くなった。だがこの距離感は、小沼の作を読む上で、邪魔にならない。だからこその、懐かしさが生まれるからだ。

そこから《モヤシ君》が、《ユキコさん》が、あるいは別荘の少女達が手を振っている。

カバー・扉装画　金子　恵
装幀　緒方修一

小沼丹（おぬま・たん）一九一八年、東京生まれ。一九四二年、早稲田大学を繰り上げ卒業。井伏鱒二に師事。高校教員を経て、一九五八年より早稲田大学英文科教授。一九七〇年、『懐中時計』で読売文学賞、一九七五年、『椋鳥日記』で平林たい子文学賞を受賞。一九八九年、日本芸術院会員。他の著作に連作推理短篇集『黒いハンカチ』などがある。一九九六年、肺炎により死去。海外文学の素養と私小説の伝統を兼ね備えた、洒脱でユーモラスな筆致が没後も読者を獲得し続けている。

小沼丹《おぬまたん》未刊行《みかんこう》少年少女小説集《しょうねんしょうじょしょうせつしゅう》・推理篇《すいりへん》

春風《はるかぜ》コンビお手柄帳《てがらちょう》

二〇一八年七月十三日　第一刷発行

著　者　小沼　丹

発行者　田尻　勉

発行所　幻戯書房
郵便番号一〇一－〇〇五二
東京都千代田区神田小川町三－十二
岩崎ビル二階
電　話　〇三（五二八三）三九三四
FAX　〇三（五二八三）三九三五
URL　http://www.genki-shobou.co.jp/

印刷・製本　中央精版印刷

ISBN978-4-86488-149-4　C0093

お下げ髪の詩人　小沼丹未刊行少年少女小説集・青春篇

「ああ、詩人のキャロリンが歩いている。あそこに僕の青春のかけらがある」。東京から山間へとやって来た中学生男子の成長を描く中篇「青の季節」および初期恋愛短篇を初書籍化。昭和30年代に少年少女雑誌で発表された全集未収録作品を集成、『春風コンビお手柄帳』と同時刊行。生誕百年記念出版（解説・佐々木敦）　2,800円

悲　体　連城三紀彦

「どっちが良い？　面倒な真実と、簡単な嘘と——」。40年前に消えた母を探し韓国へ来た男の物語は、それを書きつつある作者自身の記憶と次第に混じり合う……出生の秘密をめぐるミステリと私小説的メタフィクションを融合させた、著者晩年の問題作にして最大の実験長篇、遂に書籍化。（解説・本多正一）　2,200円

旅と女と殺人と　清張映画への招待　上妻祥浩

国民的作家・松本清張——没後25年を過ぎ、今なお映画やドラマで愛され続ける作品群、その尽きない魅力を掘り起こす。清張自身が愛した"映画"というメディアに絞り、全映画作品36本を紹介！　常連俳優やスタッフの肖像を含め、網羅的に凝縮した、松本清張映画完全ガイド。　2,400円

火の後に　片山廣子翻訳集成

森鷗外や芥川龍之介、上田敏らが激賞した片山廣子。イエーツ、ダンセイニ、ロレンスらの短篇、グレゴリー夫人、タゴールの詩、大正期に広く読まれていた戯曲、アメリカ探偵小説……その広範な訳業を通じて、大正期日本の文芸における翻訳という必然が蘇る。（解説・井村君江）　4,600円

ホルトの木の下で　増補新版　堀 文子

「私は、大真面目になって、一心不乱に生きた」。2018年、生誕100年——師を持たず、一所不住の旅を続ける孤高の日本画家。初刊以来ロングセラーを続ける唯一の自伝に、これまで書籍に収録されてこなかった1950～80年代の貴重なエッセイ10篇を増補した新版。巻末に著者最新年譜を併録。　2,500円

メーゾン・ベルビウの猫　椿　實

焼け跡を生きる、博物学的精神とエロス。中井英夫・吉行淳之介の盟友であり、稲垣足穂・三島由紀夫・澁澤龍彥らの激賞を受けた幻の天才が、『椿實全作品』以降自身で編んだ未収録の秀作群に、未発表の遺稿他を増補した中短篇作品集。没15年記念出版、初版1000部限定ナンバー入。　4,500円